著作权合同登记号：图字01—2016—2715

Het grote Rintje voorleesboek

Copyright text and illustrations © 2011 by Sieb Posthuma; Em. Querido's Kinderboeken Uitgeverij, Amsterdam
Simplified Chinese copyright © Shanghai 99 Readers' Culture Co., Ltd
All rights reserved.

图书在版编目（CIP）数据

班尼狗的故事 /（荷）西伯·波斯图马著；蒋佳惠译. —— 北京：人民文学出版社，2016
（大师手绘经典）
ISBN 978-7-02-011693-5

Ⅰ.①班… Ⅱ.①西… ②蒋… Ⅲ.①童话－荷兰－现代 Ⅳ.①I563.88

中国版本图书馆CIP数据核字（2016）第120906号

责任编辑：卜艳冰
特约策划：尚　飞　　张晓清
装帧设计：汪佳诗

出版发行　人民文学出版社
社　　址　北京市朝内大街166号
邮政编码　100705
网　　址　http://www.rw-cn.com

印　　制　上海利丰雅高印刷有限公司
经　　销　全国新华书店等

字　　数　120千字
开　　本　787毫米×1092毫米　1/16
印　　张　15.25
版　　次　2016年8月北京第1版
印　　次　2016年8月第1次印刷

书　　号　978-7-02-011693-5
定　　价　78.00元

如有印装质量问题，请与本社图书销售中心调换。电话：01065233595

Het Grote
RINTJE
Voorleesboek

Sieb Posthuma

班尼狗的故事

〔荷兰〕西伯·波斯图马 著 蒋佳惠 译

人民文学出版社
PEOPLE'S LITERATURE PUBLISHING HOUSE

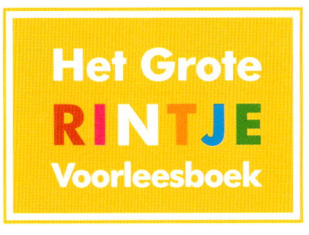

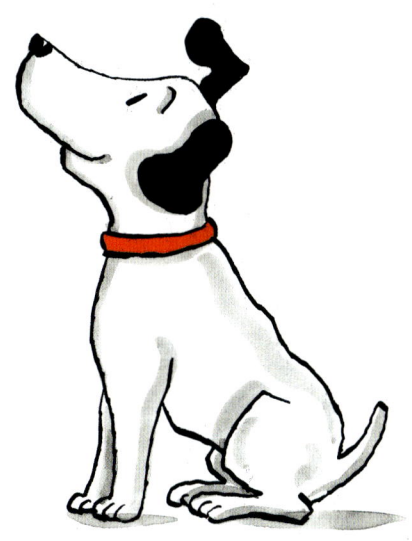

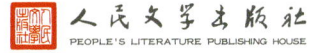

目 录

秋 天

上学
假装
托比亚斯
世界不见了
看医生
亨莉耶特
凯斯和秘密宝藏
凯斯去旅行
汽车
俱乐部会所 1
俱乐部会所 2
帽子时间到
受伤
旅行
看电影
狗狗梦工厂
不是真的
海盗
湿漉漉的卷毛
奶奶
圣马丁节
帽子日
害怕
彼得诺拉
圣尼古拉斯节的另一首歌
暴风雨

冬 天

自己的房子
嘚嘚嘚嘚嘚
喔，圣诞——呜——呜！
一个不会飞的天使
圣诞演出
摇晃的牙齿
空白的纸
烟火
新年快乐 1
新年快乐 2
奶奶读故事
电视机
乖乖豆
小心滑！
班尼狗马戏团
流感！
小盐脚
滑冰
模仿
情人节卡片
雪人
雪梦
手影戏
恶心
一起看牙医
冰
狂欢节

春天

春天的隆隆声
就不摇尾巴
新项圈
春躁
小鸟
大扫除
真正的英雄 1
真正的英雄 2
真正的英雄 3
呼啦圈
排队
打针
鬼
复活节兔子
复活节彩蛋
游泳课
湿漉漉的外套
数羊
跳蚤妈妈
我看见，我看见……
肚子疼
画画毯
云朵
亨莉耶特过生日
痒痒歌
敢

夏天

充气泳池
害羞的达克斯猎犬
装满吻的包裹
小洞洞
生日
咬点心
时钟
滑楼梯
游园会
气象预报员
忘记
学校旅行 1
学校旅行 2
蚊子
泥肚子
糖纸
博物馆的滴滴声
最喜欢的颜色
雨淇淋
沙滩
收拾行李
坐飞机
露营
童话故事
永远放假

秋天

上学

"快把盘子里的东西吃光!"妈妈说,"抓紧时间,我们得走了!"

"我不饿,"班尼狗说,"我肚子疼。"

妈妈用前腿摸了摸班尼狗的脑门儿。"你的鼻头不干,"她说,"肯定没有发烧!"

"我今天就不能留在家里吗?"班尼狗问,"我真的不想出门!"

"可今天是新学年的第一天啊!"妈妈说,"今天你可以见到新老师了。多令人激动啊!"

"可我明天也会见到她的!"班尼狗说。

"我们该走了,"妈妈说,"不许再抱怨,你今天一定会过得很开心的!"她抱起班尼狗,把他放进自行车的前筐里。

班尼狗一直都很喜欢坐在自行车上。尤其当妈妈把车蹬得飞快的时候,它的耳朵就可以迎着风呼扇呼扇的。

可是今天早晨,他连自行车都不想坐。他心里想:什么新老师,我只想要我原来的老师。她很亲切,而且总是跟我们开玩笑。

"不用多久,我的肚子就会疼得越来越厉害。到那时候,我就得去医院了!"班尼狗说。

"不至于!"妈妈说,"等你看见你的小朋友们,肚子自然就不疼了!"

来到学校门口,妈妈把班尼狗从车筐里提溜出来。

班尼狗与妈妈道别,然后拖着步子,来到学校门口。

"你的脸色真差啊!"他的一个朋友说道。

"我病得厉害,"班尼狗说,"可是妈妈不让我留在家里!"

"哈!"小伙伴们尖叫起来,"你就是太紧张了。你害怕新老师!"

"绝对不是!"班尼狗说,"我从来都不会害怕!"

叮铃铃。上课铃响了。

班尼狗拖拖拉拉地走进教室。他看见一位新老师站在教室里。她又高又瘦,还有点儿颤抖。哎呀,班尼狗心想,她是灵缇犬。这种狗通常都很厉害。

"早上好!"等大家都坐下之后,老师说,"我是你们的新老师。我的名字叫伊莎多拉·聪敏。你们叫什么名字?"

聪敏老师戴上一副大大的眼镜,拿起点名册。"我叫到谁,谁就举一举前腿。那样,我就知道你们分别叫什么名字了!"

念完最后一个名字后,聪敏老师走到黑板跟前。她把板子打开,只见上面用很大的字体写着两个字:假期。

"呶,"聪敏老师说,"现在开始,每个人都来讲一讲自己在假期里做了些什么!"

"我先来!"马科斯说。

"好啊。"老师说。马科斯惟妙惟肖地讲述了自己到中国旅行的见闻。他住在妈妈的一位姨妈家里。那位老太太梳着长长的黑辫子。他们一点儿也听不懂她说的话。他们在那里吃了很多奇奇怪怪的东西,比方说用长丝带煮的汤。

"真是个谎话精,"班尼狗心里想,"马科斯根本不认识什么住在中国的姨妈!"

接下来,其他的小狗也都纷纷讲述了自己的假期经历。他们的故事全都棒极了。可是班尼狗却忍不住想要上厕所。

故事一个接着一个。可是班尼狗什么都听不进去,他的脑子只想着要上厕所。

"班尼狗呢?"他听见聪敏老师问,"你的假期怎么样?"

"厕所。"班尼狗说,"我要上厕所!"

班上所有的小狗全都笑了起来。"班尼狗要尿尿!"他们喊道,"哈哈!"

"去吧。"聪敏老师说。

班尼狗赶忙朝门口走去。可是已经来不及了。他实在憋不住了。还没走到门口,他就尿湿了一大滩。

这么一来,其他小狗笑得更大声了。"班尼狗在教室里撒尿喽!"他们喊道。

聪敏老师走到他身旁。"没关系的,"她说,"以后,你想上厕所的时候就随时去,不用非等到下课!"

班尼狗回到他的座位上坐下。他几乎不敢抬头看别的小狗。

"现在讲讲你的故事吧!"老师说。

于是,班尼狗开始说自己的故事。一开始,他说得结结巴巴的,但是不一会儿就好了。他给大家讲了他和妈妈一起去看外婆的事,讲了他是怎么跟外婆一起做蛋糕的。蛋糕都是按照各种各样的小动物的形状做成的。有鳄鱼,还有大象。有一个蛋糕原本应该是一朵小花的模样,可是没有成功,最后变成了一只巨大的蜘蛛。外婆不敢吃那块蛋糕,因为她不想让蜘蛛爬进她的肚子里。

"这个故事真有趣,"聪敏老师说,"不过现在下课了。你们可以出去玩个够了!"

假装

"我累了，"妈妈说，"我累极了。我要到沙发上去舒舒服服地躺一会儿！"

"可是我们说好了要一起做游戏的！"班尼狗说，"你每次一躺到沙发上，就会睡着！"

"才不会呢，"妈妈说，"我不会睡着的。我只是躺一会儿而已。"

"好吧，"班尼狗说，"那么我们就玩'我看见的你没看见'。我先来。我看见的你没看见。它是……绿色的！"

妈妈开始猜。她说了各种各样的东西，可是没有一个是对的。

"是柜子里的饼干盒吗？"她终于问对了。

"嗨呀呀，"班尼狗说，"你猜对了！该轮到我猜了！"

"我看见的你没看见，"妈妈说，"它是蓝色的！"

班尼狗猜了起来。他说了一大堆东西，可是总也不对。突然，他觉得自己猜到了。"是储物柜上的门把手吗？"

可是妈妈没有回答。班尼狗又问了一遍，她还是没有回答。

他只听见一阵轻微的呼噜声。瞧见了吧，他心里想。妈妈又睡着了。每回都是这样！

他拿起妈妈的一只拖鞋，把它立在地上，然后捏着鼻子，来来回回地晃动身子，一边还尖着嗓门说话，假装拖鞋就是妈妈。

"不是储物柜上的门把手。"拖鞋说。

"是抹布上的蓝格子吗？"

抹布点点头。"你猜对啦。"它用尖尖的嗓音回答。

"该轮到我啦！"班尼狗说，"我看见的你没看见。它是黄色的！"

"是剪刀吗？"拖鞋问。

"不对。"班尼狗说。

拖鞋把所有的东西都猜了个遍，可是每次，班尼狗都用力地摇摇头。

"是花瓶里的向日葵吗？"拖鞋问。

"对啦！"班尼狗说，"我现在有点儿饿了。我想吃点东西。"

"那么我就到厨房去弄些吃的，"拖鞋说，"说实话，我也有点饿了。"

班尼狗和拖鞋一起，慢腾腾地朝厨房爬去。"你想吃香肠还是小骨头点心？要不然，来一块香喷喷的熏肉怎么样？"班尼狗问。

"这样吧，你可以三种全都吃一点，"拖鞋说，"你可以想吃什么就拿什么。"

班尼狗刚要把冰箱的门打开，就听见客厅里传来妈妈的声音。

"你在哪儿？"她喊道，"我们刚才不是在玩游戏吗？"

班尼狗回到客厅里。"可你睡着了,"他说,"不过我用拖鞋假装是你,玩了很久。"

"怎么玩的?"妈妈问。

"我和你的拖鞋一起做游戏,"班尼狗说,"把它当作我的妈妈!"

妈妈忍不住笑了起来。"来吧,"她说,"我现在不困了。我们一起去买点东西。晚饭你可以选自己喜欢吃的!"

托比亚斯

"早上好!"聪敏老师说,她的身旁站着一只小个子狗,"这位是托比亚斯。从今天起,他就是我们班上的一员了!"

托比亚斯是一条达克斯猎犬。他长着修长的身体和短小的腿,全身都是棕色的。

"他长得就像一根香肠!"班里的一条小狗嚷嚷起来,"他是一根长了腿的香肠!"

全班同学都哈哈大笑起来。托比亚斯低头看着地板。他甚至不敢抬起头看他的同学。

"你就坐这儿,"聪敏老师说,"班尼狗旁边的位置是空着的!"

托比亚斯坐到班尼狗旁边。

"你千万不要介意。"班尼狗说。

"我总是被人嘲笑,"托比亚斯说,"可是我生来就腿短,我又能有什么办法呢?"

"确实是没有办法的事,"班尼狗说,"所有达克斯猎犬的腿都很短。"

"可是别人总爱拿我开玩笑,总爱取笑我,"托比亚斯说,"对我说:'喂,拖肚皮,你是不是又把脚落在家里了?'"

"这只是一些无聊的玩笑罢了,"班尼狗说,"你放学后愿意跟我一块儿玩吗?"

"好啊,"托比亚斯说,"我们去公园玩吧。"

"安静点,"聪敏老师说,"现在开始上课!"

放学后,托比亚斯和班尼狗一起来到了公园里。

"我有一个主意,"班尼狗说,"我们去找四根同样长的树枝。"

"你想用它们做什么?"托比亚斯问。

"你一会儿就知道了,"班尼狗说,"先去找木棍。"

他们一起在大树底下嗅来嗅去,总算找到了四根同样长的树枝。

"你侧着身子躺好。"班尼狗说。

托比亚斯一躺下身子,班尼狗就拿起了树枝。"把你的腿伸直。"班尼狗喊道。他把树枝一根一根地接在托比亚斯的腿上,然后把它们牢牢地绑住。

"好了,站起来吧。"班尼狗说。

托比亚斯试了一下,可是立刻就摔倒了,发出"砰"的一记响声。

"我来帮你。"班尼狗慢慢地推动托比亚斯,用脑袋顶住他的身子。终于成功了。托比亚斯摇摇晃晃地站在四根树枝上。"试着走一走吧。"班尼狗冲着他喊。

托比亚斯迈出一步,剧烈地晃动了几下,然后又往前迈了一步。慢慢的,他迈出的步子越来越稳了。

"现在我成了一条真正的大个子狗了,"托比亚斯高兴地喊道,"谁要是再敢笑我,我就踩上我的高跷。"

班尼狗抬起头朝上看。他心里想,这真是一幅美妙的画面,一个踩着高跷的拖肚皮。

世界不见了

"快起床!"妈妈喊道,"已经七点四十五分了!"

"我看不见了!"班尼狗说,"我真的什么都看不见了!"

"好好把眼睛睁开,瞌睡虫!"妈妈说。

"我的眼睛睁着呢,"班尼狗说,"可是世界不见了。你看看外面!"

"哦,你是这个意思啊!那是因为外面有雾的缘故,"妈妈说,"这是秋天很常见的现象!"

"那样的话,我们就不能骑自行车去学校了,"班尼狗说,"我们会找不到路的。"

"我可以找到路,"妈妈说,"近处的东西还是能看见的。只要我们骑慢一点,还是可以到学校的。"

不一会儿,班尼狗已经跳进了自行车前面的车筐里。

"我已经看不见我们家的房子了!"妈妈刚骑上自行车,班尼狗就喊了起来。

"我不能转过头去,"妈妈说,"我得看着路。"

"大树的树干不见了,"班尼狗说,"树就像是漂浮在半空中一样。"

"等太阳出来,气温升高,雾自然就会消失的。"妈妈说。

"真可惜,"班尼狗说,"现在这样正适合玩捉迷藏。"

"如果现在玩捉迷藏,谁也找不到你。"妈妈说。

"看哪!"班尼狗说,"飞翔的奶牛!"

"哈!"妈妈说,"看起来真滑稽。奶牛就像是飘在空中,因为他们的脚被雾遮住了。"

"班尼狗!"突然,他们听见一声呼唤。那是托比亚斯的声音。

"你在哪儿?"班尼狗问,"我听得见你的声音,可是我看不见你!"

"我也看不见你,"托比亚斯说,"不过我也听见你的声音了。我们离你们很近!"

班尼狗四处张望,可是他依旧什么也看不见。突然,托比亚斯的脑袋从一团云雾中冒了出来。他正坐在他妈妈自行车的前筐里。

"有意思吧?"他说,"我们的周围也许到处是鬼,只不过我们看不见罢了。"

"别胡说八道,"班尼狗说,"世界上根本就没有鬼。"尽管他嘴上这么说,可是他还是仔仔细细地观察了一下四周。

他们到达学校门口时,妈妈们把班尼狗和托比亚斯从自行车筐里提溜了出来。

"你在哪儿,托比亚斯?"班尼狗说,"我看不见你了。"

"我在这儿,就在你旁边。"托比亚斯说。班尼狗感觉到自己的腿被别人拍了一下。

"嘻嘻,我明白了,"班尼狗说,"因为你的腿太短,个子长得太矮了,所以我看不见你了。"

"呜呜呜!"托比亚斯从嗓子眼里发出声响,"隐形的拖肚皮来喽。我可以到操场上去装神弄鬼喽!"

班尼狗忍不住哈哈大笑起来。"快来!"他说,"我们已经迟到了。我们得快点到教室里去。聪敏老师马上就要开始讲课啦!"

看医生

"达克斯太太,您好!"托比亚斯的妈妈开门时,班尼狗说道,"我想到外面去玩。托比亚斯在家吗?"

达克斯太太看上去有些闷闷不乐。"他在家,"她说,"不过他绝对不能出去玩。"

班尼狗怎么也想不明白。托比亚斯一向都很喜欢在外面玩。

"他不想去吗?"班尼狗问。

"你先进来吧,"托比亚斯的妈妈说,"进来你就知道是为什么了。"

班尼狗走进房间,看见托比亚斯正躺在自己的被窝里。"噢噢噢,我身上好疼啊!"他呻吟了起来。

"你怎么了?"班尼狗问,"我觉得你看起来没什么事啊!"

"我自己也不清楚,"托比亚斯说,"我疼得厉害。我只能待在窝里,哪儿都去不了了。"

"我问过他,到底是哪儿疼。"他的妈妈说道。

"我到处都疼,"托比亚斯说,"我一点儿也动不了。就连走路都不行!"

"太糟糕了。"班尼狗说。

"也许我再也没办法走路了,"托比亚斯说,"你不觉得我很可怜吗?"

"我给你唱首歌好不好?"班尼狗问。

"还是别唱了,"托比亚斯说,"要不然我的头也会跟着疼的!"

"我想我还是回家吧,"班尼狗说,"反正我什么也做不了。"

"不行,"托比亚斯说,"求求你,在我旁边坐一会儿,这是别人生病的时候你应该做的。"

"好吧。看在你是我朋友的分上,"班尼狗说,露出自己最伤心的表情。"这样可以了吗?"

"可以了。"托比亚斯说。接着他闭上眼睛,重重地叹了几口气。"现在开始请安静,我真的要休息了!"

只要不死就好,班尼狗心里想。"我能为他做些什么吗?"他压低声音问托比亚斯的妈妈。

"我已经给医生打过电话了,"她说,"我们一会儿得到他那儿去一趟。他会为托比亚斯检查,看看他得的究竟是什么病。"

"可是托比亚斯根本不愿意动,"班尼狗说,"怎么才能把他送到医生那里呢?"

"装在袋子里。"达克斯太太说。

"我不要被装在袋子里。"托比亚斯说。他睁开一只眼。"那样太丢脸了。"

"我还以为你睡着了呢。"班尼狗说。

"必须得这样。"托比亚斯的妈妈说。她拿出一个很大的袋子。袋子的一头有一道拉链。

托比亚斯钻进他的被窝,用肚子紧紧贴住

床底。"我不要被装在袋子里!"他喊道。

"要是我也被装进袋子里呢?"班尼狗说,"那样的话,你是不是会觉得好一些?"

托比亚斯点点头。

"你真好,"达克斯太太说,"可是装着两只小狗的袋子我可提不动。"

"我有办法,"班尼狗说,"您有旧袋子吗?"

"柜子里还有一个。"托比亚斯的妈妈说。

"这样啊,"班尼狗说,"您能在袋子底下剪四个洞吗?"

达克斯太太拿起一把剪刀,在袋子底下剪了四个洞。紧跟着,班尼狗就蹦了进去。他把四只脚分别从四个洞里伸了出来。"只要您把拉链留出一道缝,我的脑袋就可以从那里探出来了!"

达克斯太太忍不住笑了起来。"你看起来就像是一个长了腿的袋子！"

"现在我也不怕了。"托比亚斯说。

等他也钻进袋子后，他们就出发了。不一会儿，他们就来到了医生的候诊室。

门开了。"您请进来吧，"医生说，"我来检查一下小托比亚斯究竟怎么了。"

医生把小托比亚斯放在一张大桌子上。桌子上面吊着一盏灯。

"朝这个小盆子里吐一口痰。"医生说。

托比亚斯吐了一口痰。

然后，医生走到一个玻璃瓶跟前。玻璃瓶的底下燃着一小束火焰。他把托比亚斯的痰倒了进去。"好了，"医生说，"现在就等着看它会变成什么颜色了。"瓶子里冒出一阵阵烟。

"嗯，"医生嘟囔道，"紫中带黄。我知道了！"

"我生的是什么病？"托比亚斯问。

"你什么病也没有，"医生说，"你很健康！"

托比亚斯感到十分愕然。"反正我就是生病了。"他呻吟道。

"您就让他在家里待一天吧。"医生对托比亚斯的妈妈说。

他们一回到家，托比亚斯就回到自己的床上躺下。

"你们会来看望病人吗？"他问妈妈和班尼狗，"会不会带上礼物和鲜花？"

班尼狗迅速画了一幅图画。达克斯太太拿起一块美味的大骨头棒子，往上面系了一个蝴蝶结。

"你好啊，病人。"他们一边说，一边把礼物递给托比亚斯，然后一同坐在他的床边。

"我真心觉得舒服一点了！"托比亚斯笑道，"我想，我明天又可以出去玩了！"

亨莉耶特

"你看见了吗?"托比亚斯问,"有新的小狗搬到我们的街道里来了!"

"他们要住到哪里去?"班尼狗问。

"住到我家隔壁,"托比亚斯说,"他们的房子门前停着一辆大汽车,一整天都在不停地往屋里搬搬抬抬!"

"他们家有几只狗?"班尼狗问。

"我看见了三张床,"托比亚斯说,"这么算来,至少有三只!"

"是大床还是小床?"班尼狗问。

"跟我的床差不多大,"托比亚斯说,"不过他们的更新,更漂亮。"

"那么他们就是小狗喽,"班尼狗说,"幸亏他们不是什么大个头的妖怪!"

"不知道他们长什么样子,"托比亚斯说,"他们会很友好吗?"

"反正他们一定会比之前住在那里的贵宾犬好得多。我从来都跟他们玩不到一块儿去。"班尼狗说。

"没错,"托比亚斯说,"他们太无趣了!"

"你看,那三只小狗走过来了!"班尼狗说,"他们一定就是你的新邻居!"

"他们身上的毛好多呀!"托比亚斯说道,"我都看不见他们的腿了!"

三只小狗整齐地排成一排,从托比亚斯和班尼狗身旁走过。他们三个全都长着金色的毛发,其中两个的身上还扎着蝴蝶结。没系蝴蝶结的那条狗个子最大,也走在最前面。

"你们是要住到这里来吗?"班尼狗问个子最小的那条狗。可是她似乎没有听见班尼狗的话。她只顾着警惕周围的一切,一句话也没说。

"你好!"班尼狗摇着尾巴对她说,"你是我们的新邻居吗?"

"我觉得那些小狗好像想问你什么问题。"走在最前面的那条狗说。

跟在最后面的小狗这才停下了脚步。"我的名字叫亨莉耶特,"她说,"我是一条约克夏梗犬。你们叫什么名字?"

"我叫班尼狗,"班尼狗说,"这是我的朋友托比亚斯。"

"你们觉得我漂亮吗?"亨莉耶特问道。她晃了晃脑袋,又甩了甩耳朵。

"一般吧,"托比亚斯说,"你是一条长着很多毛的狗!"

"一般?"亨莉耶特说。她的样子看上去生气极了。"要是我什么都没有,那才叫一般!"

"他不是这个意思,"班尼狗说,"你有着漂亮的卷毛,而且那个蝴蝶结非常配你!"

"你愿意和我们做朋友吗?"托比亚斯问,"那样的话,我们三个就可以一起玩耍了!"

"只要不是玩泥巴,就可以,"亨莉耶特说,"也不能做其他会把我的蝴蝶结弄脏的游戏!"

"可是在泥巴里打滚可有意思啦!"托比亚斯喊道。

"嘘……"班尼狗制止了他,"别说了,否则她永远也不会愿意跟我们做朋友的!"

"我们去泥巴里打滚的时候不带你!"班尼狗说,"我们一定可以想出你也喜欢的游戏!"

"玩娃娃!"亨莉耶特说。

"是啊,玩娃娃!"托比亚斯说。

他一边说,一边却趁着亨莉耶特看不见的时候吐了吐舌头。

"你们明天到我们家来看看吧,"亨莉耶特的妈妈说,"现在,我们还要回去拆箱子呢!"

"明天见!"亨莉耶特说。

"明天见!"班尼狗和托比亚斯说。

第二天,班尼狗和托比亚斯来到亨莉耶特的家。他们这才发现,不仅她头发上的蝴蝶结是粉红色的,就连她的房间也全都是粉红色的。粉红色的床旁边还摆着一张粉红色的梳妆台。梳妆台上有一面镜子。

"到处都是粉红色,我的头都晕了,"托比亚斯说,"真无聊。"

"我也这么觉得,"班尼狗说,"世界上还有那么多美丽的颜色!"

"最有意思的是自己去调颜色!"托比亚斯说,"我们只需要三种颜色,那就是蓝色、红色和黄色。有了它们,我们就可以调出各种各样的颜色。跟我来,我调给你看。"

他们一起来到托比亚斯的家。他拿出一些颜料,把其中蓝色的和黄色的挤出一些,装在一个小托盘里,然后再把它们搅拌在一起。

"喔!"亨莉耶特说,"变成绿色了!"

"我要试试把蓝色和红色加在一起。"班尼狗说。他搅呀搅,不一会儿,颜料就变成紫色的了。

"如果用黄色加上红色会变成什么样呢?"亨莉耶特问。

"会变成橙色,你瞧瞧!"托比亚斯说。

"如果把所有的颜色全都加在一起呢?"班尼狗一边问,一边动起手来,"原来是恶心的棕色。它看起来就像一坨屎!"

"现在变一个粉红色!"亨莉耶特说。

"那样的话,我们需要用到白色。"托比亚斯说。他往红色的颜料里加了一丁点白色,变出了粉红色。

"喔……"亨莉耶特深深地感叹道,"说到底,粉红色才是世界上最好看的颜色。"

凯斯和秘密宝藏

妈妈正在烤小骨头点心。那些小饼干都被做成了骨头的形状。

"我想,凯斯一定也很想吃一块小骨头点心。"班尼狗说。

"凯斯?"妈妈问,"谁是凯斯?"

"凯斯是我最好的朋友,"班尼狗说,"除了我,谁也看不见他。"

"这样啊,"妈妈说,"那么凯斯现在在哪里呢?"

"他就站在我的旁边。"班尼狗说。

妈妈仔细瞧了瞧,可是她什么也没看见。

"凯斯想去坐一会儿,"班尼狗说,"但是他的个子太大了,小板凳根本容不下他。就连床都不够他坐!"

"凯斯跟你一起上学吗?"妈妈问。

"没有,"班尼狗说,"凯斯什么都懂,他根本用不着上学!"

妈妈把装着小骨头点心的盘子放到桌上。盘子不断地往外冒着热气。

"给,你拿一块吧,"她说,"这里还有一块是给凯斯的。"

"我觉得这么一块实在是太少了,"班尼狗说,"凯斯的个头太大了,一块点心不够吃!"

妈妈又朝桌上放了一块点心。

"我们可以到外面去玩吗?"班尼狗一边问,一边把自己的小骨头点心吃了个精光。

"当然了,"妈妈说,"不过凯斯还没把他的点心吃掉呢!"

"我把它们带着,"班尼狗说,"凯斯一会儿就会把它们吃掉的。"说着,他拿起点心,走出了家门。

"过来,凯斯,我们一起去挖一个洞。"班尼狗伸出腿,把沙子刨开。很快,他就挖出了一个很深的洞。

"要是把小骨头点心埋在里面的话,我们就可以有一处秘密宝藏了!"班尼狗喊道。

"你是在跟我说话吗?"一个沙哑、低沉的声音说道。

班尼狗抬起头。鲍里斯正站在洞穴旁边。鲍里斯长得又壮又黑,浑身上下都是毛。

"我正和好朋友凯斯说话。"班尼狗说。

"凯斯?"鲍里斯说,"这里除了你和我,什么人也没有啊。"

"那就对了,"班尼狗说,"除了我,谁也看不见凯斯!"

"哈哈,别逗了。"鲍里斯说。他乌黑的鼻头上亮闪闪的。"趁我还没有生气,赶快把那些小骨头点心给我!"

"它们是凯斯的,"班尼狗说,"我真的不能把它们给你。"

鲍里斯低声咆哮了起来。"别再胡说八道了。我根本没有看到什么凯斯!"

"你还是小心点吧!"班尼狗说,"凯斯的个子跟那棵树一样大,他只需要吹一口气,所有的叶子就会全部掉下来!"

鲍里斯抬起头看了看。他看见树叶正沙沙抖动着。他顿时感到有些害怕。

"咳,"他说,"我根本就不喜欢吃点心。"说完,他夹着尾巴走了。

"干得漂亮,凯斯!"班尼狗一边说,一边把洞口盖了起来。

"这是我们的秘密宝藏。"说完,他就跟着凯斯一起回家了。

凯斯去旅行

"你看上去很不开心,"妈妈说,"是不是学校太没意思了?"

班尼狗低着头。就连他的尾巴也可怜巴巴地耷拉着。

"我在学校里被他们嘲笑了,"他说,"他们不相信有凯斯的存在。"

妈妈把班尼狗抱到腿上。"他们没法看见凯斯,所以对他们来说,很难相信有凯斯的存在,"她说,"他们很想跟你一起玩耍,可是你只跟凯斯一起玩。"

"他们不相信就不相信吧,"班尼狗说,"可是凯斯是我最好的朋友。哪怕除了我之外,没有别人能看见他。"

"今天早晨他跟我说了一些话。"妈妈说。

"这怎么可能?"班尼狗说,"你根本看不见他啊!"

"是啊,"妈妈说,"我确实看不见他,可是我能听见他的声音。"

"凯斯对你说了什么?"

"他告诉我,他要去旅行了。"妈妈说。

"去旅行?"班尼狗问道,"他要去哪儿?"

"到地平线的后面去。"

"地平线是一个国家的名字吗?"班尼狗好奇地问。

"不是,"妈妈说,"地平线就是肉眼所能看见的世界尽头。谁也看不到地平线的后面。那是陆地或海洋的尽头,在非常遥远的地方……"

"凯斯到那里能找到食物吗?"班尼狗说,"他可以在那里玩耍吗?"

"那里有足够的食物,还有很多小朋友,"妈妈说,"来吧,我们去挥挥手,向他道别。"

他们一起来到港口。那里的风很大。海面上波光粼粼。港口里停靠着各式各样的船只,有扬着帆的小船,也有装着起重机的大货轮,更有数不尽的客船。

"你猜一猜凯斯要坐的是哪一艘船?"妈妈问。

"那边那艘!"班尼狗一边喊,一边指着最大的那艘船。船身的烟囱里冒出滚滚浓烟。突然,它鸣起汽笛,一连鸣了三声。嘟嘟,嘟嘟,嘟嘟!就连班尼狗的耳朵都被震得抖了起来。

"该上船了。"妈妈说。

"你快去吧。"班尼狗对凯斯说。

套着的绳子被抛了出去。不一会儿,船就驶出了港口。

班尼狗和妈妈一直望着大船,直到它的身影消失在远方。

"现在他已经到了地平线的后面,"班尼狗说,"凯斯,再见!"

汽车

"如果你可以许一个愿望的话,你想要什么?"亨莉耶特问班尼狗。

"我想要一辆速度超级快的汽车,"班尼狗说,"跟赛车一样快,而且还要有亮闪闪的大灯!"

"可是你即使有了汽车也没用,"亨莉耶特说,"你的年纪太小了,还不能开汽车呢。"

"我知道,"班尼狗说,"那样的话,我就许愿自己可以长大一点,还要有一本驾照!"

"我们现在也可以开汽车啊,"托比亚斯说,"只要自己做一辆就行了。"

"你说来听听。"亨莉耶特说。

"跟我来,"托比亚斯说,"先到超市去!"

"那里有汽车吗?"亨莉耶特还没把话说完,托比亚斯和班尼狗已经一溜烟跑了。

到了超市,托比亚斯径直走向收银台。"你好啊,托比亚斯,"收银台前的女士对他说,"我能为你做些什么吗?你妈妈是不是忘记买什么东西了?"

"不是,"托比亚斯说,"我想和你要几个纸箱。"

"你自己去拿吧,"她说,"那堵墙后面有一大堆呢。"

"你们也拿一个纸箱吧。"托比亚斯对班尼狗和亨莉耶特说。

"可是这些盒子跟汽车有什么关系?"回家的路上,班尼狗问道。

"我们自己动手做一辆赛车!"托比亚斯说,"我们还需要剪刀、胶水和红色的颜料!"

亨莉耶特把箱子涂成了鲜艳的红色,接着问道:"里面也得涂成红色的吗?"

"全都涂成红色的。里面也要!"托比亚斯说,"我们可以把这几个旧了的自行车灯当作汽车的大灯!"

等颜料干了之后,托比亚斯在纸箱上剪出几个大洞。"好了,这就是窗户。"他说。接着他把剪开了口子的纸箱颠倒过来,把它黏在另一个纸箱上面。

"我来画一个油箱盖,"班尼狗说,"还有车门!"

他们把大灯绑在车上。这时,亨莉耶特又拿起另一个自行车上的旧铃铛,说道:"这就是我们的喇叭啦!"

"还有轮胎呢。"班尼狗说。

"不需要!"托比亚斯说,"这恰恰就是我们的小戏法!"

"一辆没有车轮的汽车,"亨莉耶特说道,"那一定跳得很快!"

托比亚斯拿起剪刀,在汽车底部剪出十二个小洞。

"汽车做好了!上车吧!"他说。

"我坐后面吧,"亨莉耶特说,"那现在要怎么做?"

"把你的腿从洞里伸出去!"托比亚斯说,"瞧,就是这样!"

"嘻嘻,"亨莉耶特说,"这是一辆长了十二条腿的汽车!"

"这辆汽车不靠汽油,而是靠小狗的腿!"班尼狗说。

"跑起来吧!"托比亚斯说。

亨莉耶特把自行车铃铛摁得叮铃叮铃响。"叮铃铃,我们来啦!"她嚷嚷道。

他们三个一同跑了起来。他们跑得太快了,甚至连妈妈走进花园都没有看见。

砰!他们撞向了她。"我居然不知道我们的花园里还能开汽车!"妈妈笑道,"司机能不能小心一点开车?否则的话我可要给你们开罚单啦!"

俱乐部会所 1

班尼狗和托比亚斯来到亨莉耶特的家门口。"我们要到后院里去搭一个小木屋。你愿意来帮忙吗？"

"只要不把身上弄脏就可以。"亨莉耶特说。

"我们先去找一些盖木屋的材料，"托比亚斯说，"先去肮脏的亨德里克家。他的房子后面堆满了各种各样的旧杂物。"

肮脏的亨德里克是一条年纪很大的流浪狗。街道里一有垃圾，他就会开着小车沿街驶过。他会收集些最稀奇古怪的东西，把他们堆放在自己的房子旁边。不过，也仅仅是堆起来而已。

孩子们来到他的房子跟前，班尼狗敲了敲门。他们等了好一会儿，然后听见里面传出乒乒乓乓的响声。门缓缓地开了。

"有事吗？"肮脏的亨德里克问道。

"我想要问问，我们可不可以拿一些东西去盖小木屋。"班尼狗说。

"可以啊，"肮脏的亨德里克说，"只要别弄得乱七八糟就好！"

班尼狗向他做出了保证。然后，他们三个一同来到房子后面的空地上。

堆积如山的杂物中有着最不可思议的东西：有缺了轮子的自行车，有钩着衣架的纸箱，有陈旧的圆铁炉子，甚至还有一个旧电话亭和一个曾经立在橱窗里的时装模特。"快看！"班尼狗说，"那边有一个很旧的鸡棚。我们只要好好整修一番，就可以把它变成一个漂亮的小木屋了！"

"它连门都没有，"亨莉耶特说，"待在里面会很冷的。"

"我们把这扇门一同带上，"托比亚斯说，"我们可以从上面锯一块下来，再把那个古老的飞机螺旋桨装到屋顶上！"

"我妈妈可以给我们做一面漂亮的旗子。"亨莉耶特说。

等他们把所有的东西都收集好后，肮脏的亨德里克帮他们把门锯开。"我开车送你们回家。"他说。

看到装满杂物的车停在家门口，妈妈惊呆了。"你们想要干什么？"她问。

"我们要盖一座小木屋，"班尼狗说，"就在花园里！"

"好啊，"妈妈说，"那样的话，你们就有自己的俱乐部会所了！"

"俱乐部会所！这听起来比小木屋强多了！"托比亚斯说，"我们得给它取一个名字。"

"是啊，我们成了一个真正的俱乐部啦！"班尼狗说。

俱乐部会所 2

"我们先把所有东西都搬到花园里去。"班尼狗说。等他们连拖带拉地把所有的东西都搬进花园后,他们向肮脏的亨德里克道了谢,之后就动手盖起木屋来了!

他们拿来一把锤子和一些钉子、几把刷子以及几桶油漆。班尼狗用铁丝捆住陈旧的门。亨莉耶特和托比亚斯给墙和屋顶涂上油漆。

过了一会儿,妈妈来看他们。"好漂亮的俱乐部会所啊!"她说,"你们有没有为这栋小房子取一个名字呢?"

"就叫秘密俱乐部!"托比亚斯说,"听起来很神秘!"

"真无聊,"亨莉耶特说,"你觉得叫亨莉耶特公主殿下的宫殿怎么样?"

"你只顾你自己。这栋房子我们三个都有份。"班尼狗说。

"叫金色的小骨头吧。"托比亚斯提议道。

"听起来像是一座旅馆的名字,"班尼狗说,"可是这个俱乐部是只属于我们三个的!"

"噼里,啪啦,砰,房子是我们的哦!"亨莉耶特信口说道。

"得用上我们的名字,"班尼狗说,"我们的名字里有尼、托和亨,就用这几个字!"

"可是要怎么才能组成一个好听的词呢?"亨莉耶特说,"如果把它们合在一起,可以叫成托尼亨,或者叫尼托亨,或者叫尼亨托!"

"我知道了,"托比亚斯说,"就叫亨尼托吧!"

"亨尼托,"班尼狗说,"漂亮!这个名字听起来很剽悍,又带着几分神秘,像是一个英雄的名字!我们的俱乐部会所就叫亨尼托了。我们都是小亨尼托!我们的俱乐部专门帮助有困难的小狗。"

"小亨尼托们想要吃一些小骨头点心吗?"妈妈问。

"想!"班尼狗、托比亚斯和亨莉耶特齐声喊道,"我们等会儿还要把俱乐部会所盖完!"

帽子时间到

今天下午，奶奶来做客了。她进门的时候，从袋子里掏出一个小盒子。小盒子上扎着一个蝴蝶结。

"这是送给你的，"她对班尼狗说，"是我亲手做的！"

班尼狗等不及啦！他打开蝴蝶结，撕开包装纸。

小盒子里装着一顶毛线帽子。这是奶奶亲手织的。

"把它戴上！"她说。班尼狗把帽子戴到头上。他的耳朵痒得厉害。

"你戴上它很好看！"奶奶和妈妈异口同声地说。

"戴着很痒。"班尼狗说。

"这是因为帽子很新的缘故。慢慢的就不痒了。"奶奶说。

"戴帽子出门不会觉得热吗？"班尼狗问。

"秋天就快来了，"奶奶说，"这样一顶暖和的帽子正适合你早上去上学的时候戴，正好可以保护你的耳朵。"

班尼狗亲了亲奶奶，向她表示感谢。

奶奶要回家了，妈妈和班尼狗一同向她挥手道别。

"我还是把帽子摘下来吧，"班尼狗对妈妈说，"戴着这顶帽子一点也不酷。"

"我倒是觉得你戴着它很好看，"妈妈说，"而且一定很暖和！"

"我绝不能戴着它去学校！"班尼狗说。

"那么，明天早上，我们把它装在包里带去，"妈妈说，"我已经有一个好主意了！"

第二天早上，妈妈把班尼狗装进自行车前筐里。"我们今天绕路去学校，顺便可以路过奶奶家，"她说，"我们快到她家的时候我会说：'帽子时间到！'，然后你就赶快把帽子戴起来。"

他们骑上自行车出发了。快到奶奶家时，妈妈大喊一声："帽子时间到！"

班尼狗赶忙把帽子戴到脑袋上。

妈妈拨动自行车的铃铛，这样，奶奶就知道他们要路过门口了。

等他们骑到拐角处的时候，妈妈告诉班尼狗，可以把帽子摘下来了。

"这真是一顶痒痒帽。"班尼狗一边说，一边挠耳朵。

到达学校门口时，妈妈把班尼狗从车筐里提溜出来，说道："我今天下午来接你。"

下午放学后，电话响了。"你去接一下。"妈妈对班尼狗说。

"喂，我是班尼狗。"班尼狗说。

"我亲爱的孩子，"奶奶说，"今天在学校怎么样？"

"很好。"

"我今天早上看见你们骑着自行车路过我门口,"奶奶说,"我看到你戴着新帽子非常开心。现在你知道早晨有多冷了吧?!"

"是的,嗯,对,确实很冷,对,"班尼狗说,"帽子可暖和了。"

他看了妈妈一眼,妈妈几乎快笑出声来了。

"替我亲亲奶奶。"妈妈说。

"亲亲您,也替妈妈亲亲您。"班尼狗说完,放下了听筒。

受伤

叮铃铃——下课铃声终于响了。

"快出去!"托比亚斯喊道。可是所有的小狗都急着往外跑,于是大家推搡起来。

班尼狗、托比亚斯和亨莉耶特排在队伍的最后面。他们跟着别的小狗往外跑。班尼狗还没来得及整个身子冲到外面,门就关上了。他的尾巴被夹住了。

"哎哟!"班尼狗大叫了一声,随后呜咽起来:"哎哟哟哎哟哟!"

亨莉耶特和托比亚斯被吓坏了。他们赶忙跑了回来,仔细检查班尼狗的伤口。

"你的尾巴在流血,"托比亚斯说,"我们去找你的妈妈,她会给医生打电话的。"

回到家里,班尼狗的妈妈立刻检查了班尼狗的尾巴,随后给医生打了电话。

"是的,被门夹住了,"他们听见她说,"流血了……不行,摆不起来了……我们马上就到。"

班尼狗的妈妈飞快地把班尼狗装进自行车的前筐里。

"你们不能去,"她对托比亚斯和亨莉耶特说,"你们今天下午再来看望病人吧!"

医生的候诊室里坐满了小狗。有一条小狗扭伤了腿,另外一条小狗踩到了玻璃,还有一条小狗的眼睛肿了。

诊疗室里走出一条头上包着白绷带的狗。

"下一位病人!"医生说。

"你先去吧!"候诊室里的一条小狗对班尼狗说。

"你真好,"班尼狗的妈妈说,"别人也都同意吗?"

所有小狗一同点点头,于是,他们便进了诊疗室。

"我看出来了,"医生一边说,一边把班尼狗抱到大台子上,"尾巴被夹得很严重!"他拿起一根小木棍和一卷绷带。

"我先用夹板把你的尾巴固定住,以免它断掉!"

医生用小夹板贴住班尼狗的尾巴,然后往上面缠上绷带。"就这样保持两个星期。然后你的尾巴就可以伸直了。"

班尼狗回到家后,亨莉耶特和托比亚斯就来探病了。"我们给你带来了好吃的东西。"亨莉耶特说。

"是烟熏猪耳!"班尼狗兴奋地喊了起来,"太棒啦!"

他高兴极了,忍不住摆起尾巴。刚一摆,他就大喊一声:"哎哟!"

这下儿,亨莉耶特和托比亚斯忍不住大笑起来。"你现在不可以太高兴或是太激动,否则的话你会摆尾巴的!"

"我控制不住,"班尼狗说,"我以后摆尾巴的时候小心一点,因为我还是喜欢高高兴兴的!"

旅行

"全都装好了!"班尼狗说。他提着一个手提箱走进厨房。

"你只是去奶奶家住几天,"妈妈说,"却是一副要去环游世界的模样!"

"即使短途旅行也要带手提箱的嘛!"班尼狗说。

电话铃响了。"是谁打来的?"妈妈回来时,班尼狗问。

"是奶奶。她想问问我们大概几点到。"

下午,他们来到了奶奶家。站在奶奶家门口时,妈妈让班尼狗按门铃。

奶奶打开门,可是她的模样奇怪极了。她戴着一顶非常大的鸭舌帽。

"您已经到达边境线,"她一本正经地说,"请出示您的护照。"

妈妈假装自己掏出一个东西。"这是我们的护照。"她说。

奶奶仔细地看了看班尼狗,又假装看了一下护照。"好的,我们还要检查您的行李。"

奶奶在手提箱上系了一根绳子,然后拽住绳子的一头,把箱子慢慢地从餐桌底下拖过去。"有了这台机器,我就可以看穿您的行李箱,"奶奶说,"现在看来,您的箱子里没有什么奇怪的东西。您可以进入这个国家了。"

"这个国家叫什么?"班尼狗问,"哦,我知道了,叫奶奶国!"

听他这么一说,奶奶忍不住大笑起来,在他的脸颊上重重地亲了一口。

他们三个一起喝了茶,然后妈妈就向他们告别了。奶奶和班尼狗一起朝她挥手道别。随后,他们把行李箱拿到了楼上的客房里。奶奶为班尼狗准备了一张十分惬意的床,还在上面铺上了班尼狗最喜欢的被子。

离睡觉的时间还早。班尼狗和奶奶一同做了几个游戏,他又帮着奶奶做了饭。晚餐过后,奶奶给班尼狗讲了一个故事,该睡觉了。

可是班尼狗睡不着。他感到十分奇怪。这里所有的声音都和家里不一样。尽管他躺在舒服的床上,可是就连味道闻起来也跟家里的床很不一样。

他从床上爬下来,走到楼下。

"怎么了?"奶奶问,"你睡不着吗?"

"我觉得很奇怪,"班尼狗说,"但又不知道是为什么。"

"我明白了,你想家了。"奶奶说。

"想家?"班尼狗问,"那是不是跟感冒一样?或者跟风疹一样?"

奶奶忍不住笑出声来。"不是,"她说,"当你出门旅行或者借住的时候,你就会想家。你会突然想念你自己的房子,或是你自己的床。不过这种想家的感觉慢慢会消失的!来吧,我带你上楼,再给你讲一个故事!"

奶奶开始讲故事了,不过,她还没讲完,就听见了轻微的呼噜声。班尼狗已经进入梦乡啦!

看电影

班尼狗在奶奶家借住。奶奶总能带着他做有意思的事情。他们一起散步,走遍了整座城市。奶奶告诉他这座城市从前是什么样的。他们还时不时地站在某一栋房子门口,由奶奶给他讲关于这座房子的故事。比方说,他们曾经在这栋房子里住过,或是学校里的同学曾经住在那里。

班尼狗觉得关于过去的故事美妙极了。况且,在他来到这个世界之前,世界上已经发生了这么多的事情,这太有趣了。

今天,他们不去散步了。因为今天的天气很糟糕。外面刮着大风,偌大的雨点落在马路上。

"我知道有什么好玩的,"奶奶说,"我们去看电影吧!"

班尼狗一蹦三尺高。"好啊!"他喊道,"我们是不是坐电车去?"

"当然了,"奶奶说,"那样,我们就不会被淋湿了!"

他们上了电车,班尼狗挨着窗户坐下。"这是我的手帕,"奶奶说,"用它把窗户擦干净点儿,这样你就可以更清楚地看外面的风景了!"

班尼狗非常喜欢坐电车。"其实,坐电车跟看电影是一样的,"他说,"你永远不知道下一秒会发生什么,而且还有很多东西可以看!"

奶奶笑了。"你说得对,"她说,"只不过,这两个还是有很大区别的。你在这里看见的全都是真实的,而电影里的东西全都是演出来的。"

"我们下一站要下车了,"过了一会儿,奶奶说,"按一下停车按钮吧!"

他们一同撑着奶奶的伞,走向电影院。售票处门口排着很长的队伍。

"我们看《林丁丁》吧,"奶奶说,"它讲述的是一条非常能干的牧羊犬的故事。"

奶奶买好票,随后把票递给班尼狗。"给,把票拿给那位先生看一下。"

检票先生是一条穿着红色西装的德国波音达犬。他从票上撕下一个小角。

"看林丁丁的请笔直朝前走,上台阶,进大号放映厅。"他咕哝着。

"先买点好吃的,"奶奶说,"我们总得带点能嚼的东西吧。"

他们两个各自捧着一袋饼干,一同走进大号放映厅,里面的光线有点暗。

"我带您去您的位置上,好吗?"一条穿着黑色西装套裙的小贵宾犬问。她的手里拿着一支很大的手电筒,可以用来照亮所有的椅子。"就在那里,正中间的位置上,您看见了吗?"

班尼狗和奶奶一前一后挤到自己的座位上。

"总算到了。终于能够坐一会儿了。"奶奶说。她抓起一块饼干,心满意足地嚼了起来。

放映厅里的灯光变得越来越暗,直到周围一

片漆黑。

"会先放广告。"奶奶小声地说。

班尼狗盯着巨大的白布,看着上面播放的各种各样的短片:有去除跳蚤的洗发水,有最好吃的骨头,还有用来卷毛的梳子。幸亏真正的电影终于开始了。

电影讲述的是一条能干的牧羊犬——林丁丁的故事。林丁丁总是帮助遇到困难的小狗。他发现有几个可恶的坏蛋想要把一窝刚出生的小狗偷走,卖给想要用他们来做香肠的屠夫。

幸亏林丁丁把小狗们全都救走了。班尼狗觉得电影时而紧张刺激,时而恐怖异常,吓得他不敢睁眼。

"你看见发生什么了吗?"他轻轻地问奶奶。

奶奶笑了。"我也用前腿把眼睛捂住了,"她说,"我觉得这一段太惊悚了!"

电影的结尾里林丁丁把所有的小狗都送回他们妈妈的身边。电影看完了,奶奶和班尼狗总算松了一口气。

"真好看!"走出电影院的时候,班尼狗说。外面的雨也已经停了。

"来吧,我们走路回家。"奶奶说。

狗狗梦工厂

班尼狗一直在奶奶家借住。今天，他们要到市中心去。

"外面又冷又潮，"奶奶说，"我们还是坐电车去吧。"

他们坐上电车，车里充斥着一股潮湿的毛发和大衣的味道。

"你可以靠窗坐。"奶奶说。

"我们要坐几站？"班尼狗问。

"还有五站。数着吧。"奶奶说。

快到站的时候，班尼狗按了停车的按钮。电车停了。他们在一栋高楼跟前下了车。高楼的门口用红色的大号字体写着：狗狗梦工厂。

"需要买什么？"进门的时候，班尼狗问道。

"我需要一顶新帽子，"奶奶说，"跟我来，我们坐电梯去。"

电梯里站着一个戴着红帽子的小个子贵宾犬。他按了一个按钮，电梯就升上去了。"二楼到了，这里有刷子、梳子、去除跳蚤的洗发水，还有项链。"贵宾犬大声说。

电梯继续急速上升，班尼狗感到肚子有些不舒服。

"三楼到了，这里有香肠、火腿、骨头，还有狗粮！"电梯门开了，又关了。

"四楼到了，这里有外套、裙子、帽子和衬衣！"贵宾犬打开电梯的门。

"走，"奶奶说，"我们到了。"

"我能为您做点什么吗？"一条穿着短裤的斑点狗问道。

"是的，"奶奶说，"我想要一顶暖和的帽子，可以用来过冬。"

"我这里有最新的款式。请您跟我来！"店员说。

柜台上摆满了各式各样的漂亮帽子，其中有插着羽毛的帽子，有用天鹅绒做成的柔软帽子，还有用温暖的羊毛盖住耳朵的帽子。奶奶把它们全都试了个遍。

怎么这么慢啊，班尼狗心想，四下张望着。

然后，他朝着一个高大的展柜走去。好一顶高贵的帽子，他心里想，要不要戴上试试呢？

班尼狗把这顶帽子戴到脑袋上。他一下子就什么都看不见了。这顶帽子把他连脑袋带耳朵全都遮了起来。

他把帽子放回柜台上，继续往前走。突然，他发现了一个摆满时髦的针织帽的柜台。班尼狗试了一顶红色带天蓝条纹的帽子和一顶橙色带棕色格子的帽子。

"你觉得漂亮吗，奶奶？"班尼狗一边问，一边转过身。他被吓了一跳。

奶奶不见了。无论他怎么找，都看不见奶奶的身影。

"你看上去垂头丧气的。"柜台后面一位正在清扫灰尘的店员说。

"我找不到我的奶奶了。"班尼狗说。

"跟我来。"她友好地说。跟着,她走到一个麦克风跟前,说道:"我们在针织帽柜台前面找到了一只小狗。他的名字叫班尼狗,他和奶奶走丢了!"

不一会儿,奶奶就赶了过来。

幸亏找到了!班尼狗高兴地摇着尾巴。

"以后再也不许这样了!"奶奶说着,重重地亲了班尼狗一口。

后来,奶奶买了一顶漂亮的帽子。随后,他们来到一家饭店。

"到了,你可以挑一些好吃的!"奶奶说。

班尼狗挑了一个美味的蛋糕。蛋糕是用狗粮和熏肉做成的。奶奶要了一份肝泥香肠。

不是真的

"我跟奶奶一起去看了电影,"班尼狗说,"电影非常特别,因为电影里的狗长着这么大的耳朵,他挥动耳朵就可以飞起来了。"

"这根本不可能,"亨莉耶特说,"不过他们在拍电影的时候会用一个小把戏,看起来就跟真的一样了。"

"小狗当然不会飞,"班尼狗说,"可是那也没有关系啊,因为电影里看起来特别真实,看着看着你就相信了!"

"我也可以假装我在开门,"托比亚斯说,"或者假装我去吃饭。瞧好了。"他从空气里拿起一包狗粮,把袋子翻了个个儿,把狗粮倒进他的碗里。然后,他又假装把狗粮吃了个精光。他还发出了啧啧的声音。随后,他四脚朝天地躺在地上,揉着肚皮。

"嗯,真好吃!"他说。

"有意思!"班尼狗说,"这样的话,我们就什么都能玩了,而且还可以装得跟真的一模一样呢!就像我,我现在就是一名飞行员,正在开飞机。"他坐进驾驶舱,按下各种按钮。"请所有乘客系好安全带。"班尼狗说。

托比亚斯和亨莉耶特并肩坐着,系上了安全带。亨莉耶特坐在靠窗的位子上。"我们出发喽!"她说,"我们飞起来啦!所有东西都变得越来越小!房子只有玩具屋那么大了!"

"我有点想吐,"托比亚斯说,"我好像晕飞机!"

"你的座椅前方有一个小纸袋,"亨莉耶特说,"你要是觉得恶心的话,就吐在里面吧。"

"噢,噢,噢,噢,我觉得难受极了。"托比亚斯呻吟起来。

"我把乘务员叫来。"亨莉耶特一边说,一边按了一个按钮。她站起身离开,等回来的时候,她摇身一变,从亨莉耶特变成了乘务员。

"我的肚子疼得厉害。"托比亚斯说。他仰面朝天地躺着,四条腿不停地朝空中乱蹬。

"我去把医生叫来。"乘务员说。她走进驾驶舱,把班尼狗叫了出来。他不再是飞行员,而是变成了医生。

医生抓起他的听筒,听了听托比亚斯的肚子。"您得了飞行综合征!"

"噢,噢,好疼,疼死了!"托比亚斯说。

"护士,这位病人需要打一针。"医生说。

"应该打在什么地方呢?"护士问。

"打在屁股上,护士。"班尼狗说。

听到这儿,托比亚斯一下子蹦了起来,冲出门去。

"我们说的不是真的哦!"班尼狗和亨莉耶特在他身后喊道。

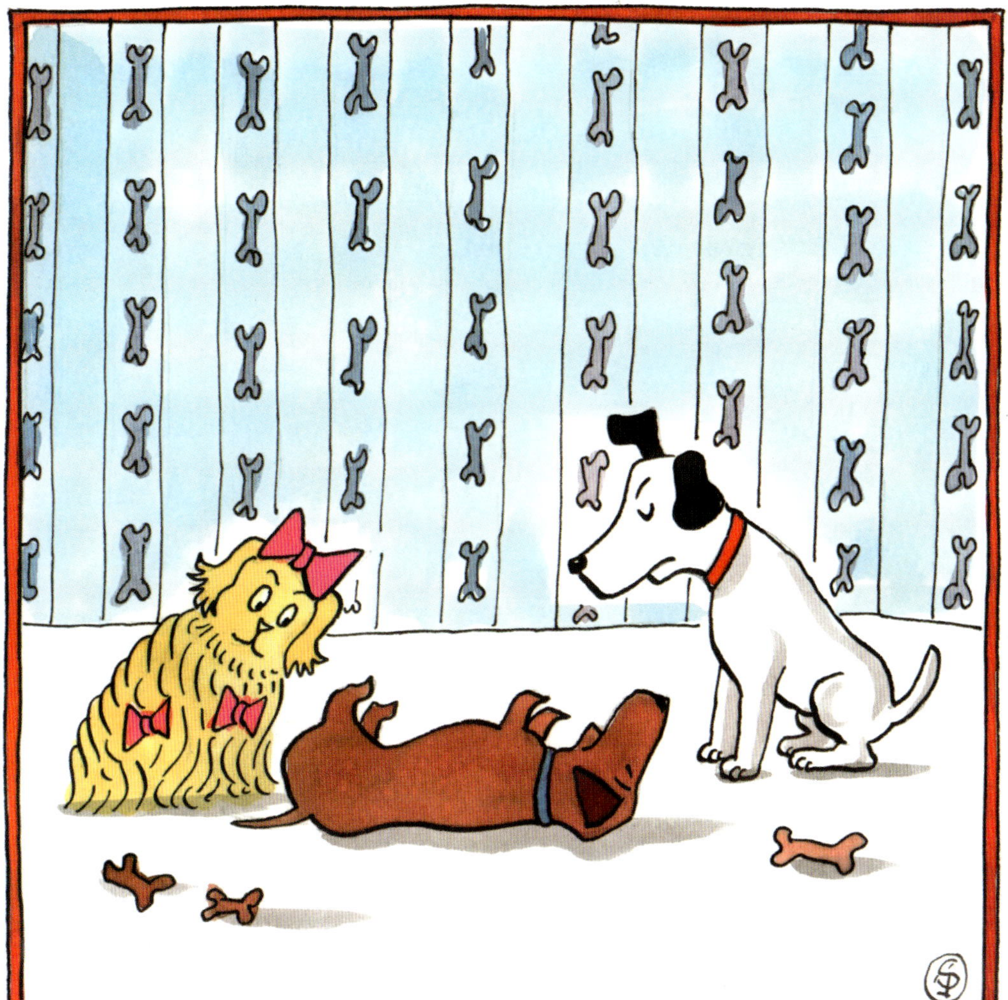

海盗

班尼狗和托比亚斯在外面玩。天空下着雨,他们两个开开心心地玩着泥巴。

他们全身都泡在泥坑里。等他们爬出泥坑,想要进屋的时候,班尼狗的妈妈把他们拦住了。

"我的家里可不许有这么脏的小狗,"她说,"你们必须立刻去洗澡!"

她一把拎起班尼狗,把他送进浴室,然后又回来提托比亚斯。

"好了,"妈妈一边说,一边往浴缸里灌水,"我多撒一些泡泡粉。然后我们就可以一起把你们两个搓得干干净净了!"

班尼狗和托比亚斯原本一点儿也不想洗澡,可是当他们坐到温暖舒适的水里时,他们感到惬意极了。

"看哪,"托比亚斯说,"我们还可以把泡沫堆成各种各样的形状呢!"他抓起一朵泡沫,把它放到头顶上。"这是一顶高帽子!"

"这样就成了一座高高的塔。"班尼狗一边继续往上面堆泡沫,一边说。

"这样吧,"托比亚斯说,"我们把浴缸当作船!"

"好啊,太有意思了,"班尼狗说,"我们可以到大海里去航行喽!"

"你知道我们是什么人吗?"托比亚斯问。

"我知道,我知道!"班尼狗说,"我们是海盗,坐在巨大的海盗船上!"

"我是虎克船长!"托比亚斯说。他拿起浴刷。"这是我的木头腿!"

班尼狗抓起几块毛巾。"给,"他说,"我们可以把毛巾当成一面真正的海盗头巾,把它们围在头上!"

"水是不是太凉了?"妈妈在走廊里喊。

"别进来,"班尼狗喊道,"这里很危险!"

"危险?"妈妈问,"为什么?"

"有一艘海盗船在屋里航行,无论谁进来,都会遭到绑架的!"

"亨莉耶特也会被绑架吗?"妈妈问,"她想要跟你们玩一会儿!"

"我问问这里的海盗。"班尼狗说。

屋里安静了一阵。

"海盗同意了,"班尼狗说,"不过她必须

带上一些财宝,否则就不能进来。"

"我会帮她准备的。"妈妈说。她递给亨莉耶特几块香喷喷的骨头。"我猜,海盗们会对这个非常满意的。"

亨莉耶特走进浴室的时候,班尼狗和托比亚斯大声地喊叫起来:"哈喽!把您所有的财宝都交出来,否则您就会被我们绑架!"

"这是我全部的东西了。"亨莉耶特一边说,一边递给两个海盗一人一块骨头。

"您可以上船了。"班尼狗说。

妈妈也走了进来。"我来给船加一些热水,"她说,"你们能让出一些地方来吗?那样的话,亨莉耶特也可以坐进浴缸里了。"

亨莉耶特一进浴缸,他们就给了她一块海盗头巾。"我成了海盗姑娘啦,"她一脸骄傲地说,"我的名字叫卷毛船长。"

湿漉漉的卷毛

"我感觉现在还是半夜,"班尼狗一早醒来时说,"我还要在床上躺一会儿。"

"这是因为下雨的缘故,"妈妈说,"还有天上的乌云。可是已经到起床的时间了。快起来吧,要不然你会迟到的。"

"我真的要去上学吗?这种天气也要去?"

"快,"妈妈说,"你又不是盐做的!"

他们吃完了一大盘骨头粥,然后跨上了自行车。妈妈把班尼狗装在自行车的前筐里,随后就迎着大雨出发了。

他们一到学校门口,班尼狗就以最快的速度冲了进去,然后抖了抖身子,把毛发上的水甩干。水珠溅得到处都是。

"不许把雨水甩在教室里!"聪敏老师说,"要是所有的小狗都这么干的话,这里就能跳水上芭蕾了。"

班尼狗赶紧回到自己的座位上,挨着托比亚斯坐下。铃声已经响起来了,他们要上课了。

"亨莉耶特来了吗?"托比亚斯小声地问。

"没有,"班尼狗说,"真奇怪。她平时每天

都来得很早。或许是她病了,或者感冒了。"

正当所有人都聚精会神学习加法的时候,有人敲响了教室的门。门被缓缓地推开,可是外面一个人也没有。

这时,门口突然露出了亨莉耶特的鼻子。她磨磨蹭蹭地走进教室。可是大家差一点认不出她来了。她的毛发被雨水淋得湿漉漉的,原本的卷毛全都变了样。她看上去比原来瘦多了。

教室里所有的小狗都笑了起来。"她看起来有点像托比亚斯,身体圆圆的,长着小短腿!"同学们喊道,"她变成金色的达克斯猎犬了!"

亨莉耶特低头看着地下,一句话也不说。

"来吧,"老师说,"我这里有一条毛巾。"她把亨莉耶特身上的毛擦干,然后继续讲课。

终于到了放学的时间。雨已经停了。他们一同走回家。

"今天早上,我的模样糟糕透了,"亨莉耶特说,"所有人都嘲笑我。我从来没有这么丢人过。你们也嘲笑我了。我亲眼看见的!"

"跟我走,我们一起去我家,"班尼狗说,"我们会对你作出补偿的。我有一个办法,可以让你在下雨天也同样美美的。"

回到家,班尼狗径直来到车棚,他拿出工具和一把旧雨伞,然后把伞柄锯掉了一小截。

"你在做什么?"亨莉耶特说,"这是在搞破坏!"

"我这是为了发明创造,"班尼狗说,"到这儿来,我要帮你量一量尺寸。"他抓住一根铁丝的两头,用它把亨莉耶特绕起来。"差不多这个长度。"他一边说,一边把铁丝剪断。然后,他把雨伞绑在铁丝圈上。"把你的后腿伸过去,亨莉耶特。"说完,他把铁丝圈往前拽了拽,让它固定住。"跟我们一起到外面去吧。我们去试试这项新发明。"

他们来到屋子外面,班尼狗按下雨伞的按钮,伞面"噗"的一声撑开了。

"喔!"托比亚斯喊了起来,"太聪明了!"

亨莉耶特笑了。"这样我就不会被淋湿了!你是一个真正的发明家!"她在班尼狗的鼻子上亲了一口。

奶奶

"脚踩在树叶上的感觉实在是太好了。"奶奶说。她和班尼狗一起走在树林里。"苔藓和蘑菇的味道闻起来真清新。"她说。

班尼狗把眼睛眯成一条缝。太阳悬挂在很低的空中,阳光洒在他的鼻子上。"蘑菇可以吃吗?"他问。

"不是所有的蘑菇都能吃,"奶奶说,"你必须学会分辨,清楚地知道哪些是可以吃的,哪些是不可以吃的!你看哪,这里的树叶都变成金黄色了。"

班尼狗看见黄色的树叶在阳光下闪耀。时不时有树叶从树上落下,缓缓地飘到地面上。

"为什么树叶会从树上掉下来呢?"班尼狗不解地问。

"因为天气很快就会变凉,"奶奶说,"到那时候,大树就没有吃的东西了。"

"它们是不是没有存上足够的粮食,不能喂饱树叶?"班尼狗问。

"是的,因为一到冬天,土壤里能吃的东西就会很有限,那时候的阳光也不足以让它们生长!"

"我们到了冬天是不是也会停止生长?"班尼狗问。

"不会的,"奶奶说,"你还会继续生长,不过奶奶就会缩水了!"

"这么说来,我会长大,可你会变小?"班尼狗说,"这怎么可能呢?你有吃的东西啊。"

"奶奶年纪大了,有几分脱离这个世界了。到了这个年纪,我们的骨头就会越缩越小,直到我们死去。"

"你不能死!"班尼狗说,"你必须永远留在我的身边!"

"这是不可能的,"奶奶说,"总有一天,我会死去,那会是在我看够了世界,经历过了一切之后!"

"可是,你要是死了,谁给我讲关于过去的故事呢?"班尼狗问,"谁帮我熏猪耳朵吃呢?"

"你会开始讲述你自己的故事,"奶奶说,"而且,到了那个时候,你也已经从我这里学会了怎么熏猪耳朵了。"

"我没有自己的故事,"班尼狗说,"而且,要是你不在了,烟熏猪耳也就没那么好吃了,就连骨头也会没了味道!"

"你会发现,其实一切不会那么糟糕,"奶奶说,"你要是想我了,你就讲一个我曾经讲过的故事。那样,你就会觉得,我好像还在这里。"

"我不要,"班尼狗说,"即使讲了你的故事,也不能亲亲你或者抱抱你了!"

"你要是伤心,就想想这个美丽的秋日,"奶奶说,"想想西下的落日,想想金黄色的树叶。"

"我会努力这样做的,"班尼狗说,"可是我不知道这有没有用!"

"看。"奶奶说着,从包里掏出一把小刀。

"你要削苹果吗?"班尼狗问。

"不是,"奶奶说,"看好了!"她走到一棵高大、粗壮的橡树跟前。树干周围的地上满是橡子和落叶。

"我们要把橡子雕成小人的模样吗?"班尼狗问。

"等一会儿再雕,"奶奶说,"我先要为你做一件事!"她用小刀在树上凿出一颗心。然后,她在心的周围写下:送给班尼狗,奶奶。

"如果我不在了,"奶奶说,"你就到这儿来。每当你看到这颗心,你就想想我曾经给你讲过的故事,再想想今天这个美好的日子!"

"这颗心会存到永远吗?"班尼狗问。

"它会跟大树一起长大,"奶奶说,"不过我们现在得回家了,我们要回去雕橡子小人,还要吃烟熏猪耳!"

圣马丁节

"我很想知道，今天晚上谁得到的糖果最多。"托比亚斯说。

"我去年得到了很多很多，"亨莉耶特说，"当然了，那也是因为我歌唱得好。今年，我的灯笼又是最漂亮的。它是一个微笑的月亮！"

"我的灯笼是龙的形状。"托比亚斯说。

"我的是一盏电子灯，"班尼狗说，"可以装电池！"

"它不是真正的灯笼，"托比亚斯说，"这里面应该装上蜡烛，那样会漂亮得多。"

"可是去年，我的蜡烛熄灭了，"班尼狗说，"装上灯泡，我的灯笼就会永远亮着。"

"来吧，"亨莉耶特说，"我们一起把歌曲练一练。"

"你带头唱。"托比亚斯说。

亨莉耶特起了个头："嗯嗯嗯嗯嗯……"

随后，他们一起唱道：

"圣马丁啊圣马丁，
我们吃着大布丁。
小狗摆着长尾巴，
一个劲地摇啊摇，
又是一年圣马丁。"

"我记得歌词不是这样的，"托比亚斯说，"应该是小牛摆着长尾巴，姑娘穿着小裙子，终于到了圣马丁。"

"可是我的歌更好听，"亨莉耶特说，"换了新的歌词，我们就更引人注目，可以得到更多的糖果！"

"我也想到了几句歌词。"班尼狗说。

"圣马丁啊圣马丁，
我是一个大怪兽。
要是不给我糖果，
就把大便拉门口。"

"这首也很有意思，"亨莉耶特说，"我们两首都唱。差不多要开始了，天已经黑了。"

他们一起来到街头的第一栋房子门前，托比亚斯摁响了门铃。一只年迈的狗走了出来。她的耳朵上挂着一个大喇叭，因为她有点耳背。

等他们唱完歌后，这只狗从一个大篮子里抓起一大把她亲手烤的小点心。"你们唱得真好听！"她说。

第二栋房子里住着一位受人尊敬的先生。"我不喜欢这些噪音。"他们唱完后，他说道。他给了他们一人一小片面包。"满心愉悦吃面包，变得听话又勤劳！"

"呃！"亨莉耶特一边往前走，一边说，"真无聊！我们明年坚决不去他家。"

每到一栋房子跟前，他们就唱一首歌。他们的糖果越来越多，口袋越装越满。

"这是我奶奶家，"亨莉耶特说，"她做了

很多特别好吃的烟熏猪耳,准备分给别人。"

于是,他们唱得尤其卖力。他们边唱边跳,托比亚斯甚至还挥舞起他的龙形灯笼来。

"救命啊!"托比亚斯突然大声嚷嚷起来,"我的灯笼烧起来了!"他急忙把它丢到一个水坑里。

"没关系,"亨莉耶特的奶奶说,"我这里还有一个灯笼,你把它拿去吧。"

他们带着新的灯笼,继续往前走。等他们在街道上每户人家门口都唱过歌后,他们就一起来到班尼狗的家里分糖果。

"不许一次吃完,"班尼狗的妈妈说,"否则你们明天会肚子疼的。"

帽子日

"好奇怪的笛声，"班尼狗说，"是从哪儿传出来的？"

"是风吹过房子发出的呜咽声！"奶奶说。

班尼狗用鼻子顶着窗户，冰冷的玻璃足以让他感受到屋外有多冷。他看见云朵从空中飘过。树上的叶子被风刮下，四处飘零。

"一会儿我们要到市中心去，"奶奶说，"我们必须穿得暖暖和和的，否则会着凉的！"

"我一点也不觉得冷哦！"班尼狗说。

奶奶穿上大衣，戴上帽子，又在班尼狗的脖子上系了一条围巾。班尼狗不断地摇脑袋，直到围巾松开，落到地上。

"我不要系痒痒围巾，"他说，"我真的一点儿也不冷！"

"那你就自己看着办吧，"奶奶说，"我的年纪大了，很容易就觉得冷。"

"我快要被风吹走了！"他们刚一出门，奶奶就喊了起来。可是班尼狗根本听不懂她说的话，因为她的声音被风刮跑了。"快走，我们去电车站！"奶奶放开嗓门，用最大的声音喊道。

不一会儿，他们上了电车，奶奶赶忙坐下。

"风吹得我透不过气来，"她喘着粗气说道，"幸亏可以坐汽车到市中心去！"

班尼狗跟着奶奶一起，来到了他们常去的百货商店——狗狗梦工厂。他们有时候只是进去随意逛逛。那样的话，他们就会坐着自动扶梯，来到最高层，在餐厅里吃点好吃的，喝点好喝的。他们还会一起在那里眺望整座城市。这是班尼狗最喜欢做的事情之一。

今天，奶奶要买一些东西。通常来说，她都是亲自动手做衣服。可是她针线盒里的别针和线不够用了。她很快就找到了她需要的东西。于是，他们又可以到餐厅去了。他们找了一张靠窗的桌子，望着外面的景色。云朵在空中飘过。

他们看见楼下有一些小狗在车站等电车。

突然，刮来一阵狂风，把所有正在等车的小狗的帽子全都刮跑了。奶奶和班尼狗看见帽子在空中飞舞。

"今天是帽子日！"奶奶笑道，"在空中飞舞的不是落叶，而是帽子！"

"它们会飞去哪儿？"班尼狗问。

"飞到云里去，"奶奶说，"你仔细看着，每一朵云都戴着一顶帽子呢！"

奶奶说的没错，班尼狗仔细一看，发现的确每一朵云都戴着一顶不同款式的小帽子。

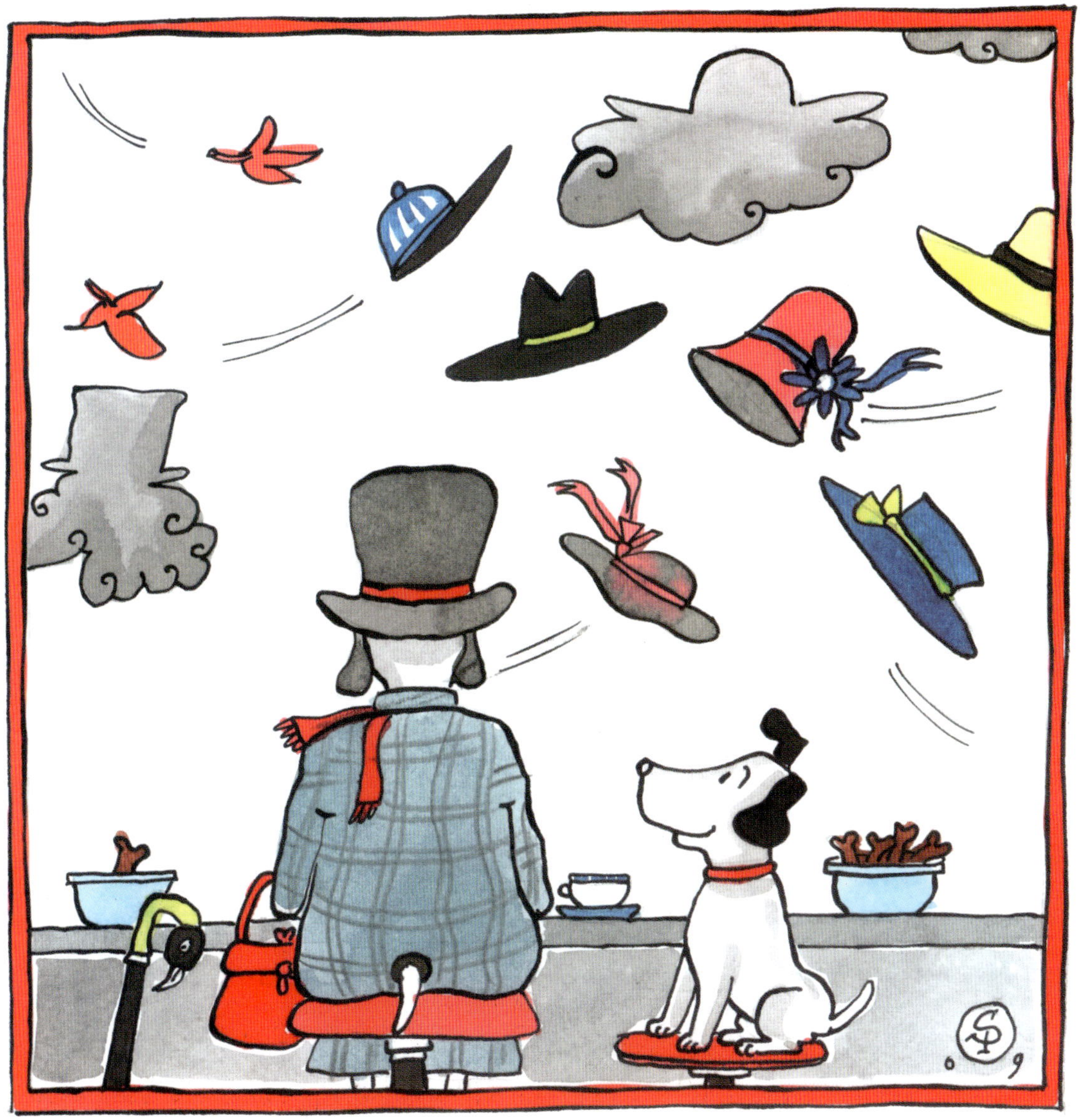

害怕

"我要到树林里去捡栗子,"班尼狗说,"你们要不要跟我一起去?"

"好啊,这个好玩,"托比亚斯说,"说不定我们还能找到漂亮的蘑菇呢!你也一起去吗,亨莉耶特?"

"我不知道。"亨莉耶特说,脸上露出一丝慌乱的表情。"每到秋天,我就常常会害怕树林。"

"害怕树林?"班尼狗说,"那里没有任何值得你害怕的东西啊!"

"有的,"亨莉耶特说,"秋天是属于蜘蛛的季节。所以每到这个时候,树林里就会出现很多很多蜘蛛。"

"可是说不定我们一只蜘蛛也不会见到,"班尼狗说,"所以你根本就用不着害怕。"

"我们向你保证,要是真的看见蜘蛛,我们就把它们赶跑!"托比亚斯说。

"那好吧,"亨莉耶特说,"要是你们可以保证的话,我就跟你们一起去!"

他们来到树林,寻找漂亮的栗子和蘑菇。

"看哪,这是一个童话书里的蘑菇,红色带白条纹的!"托比亚斯说。

"我们不应该把它摘下来,"班尼狗说,"我们只能带走已经掉下来的!"

突然,班尼狗看见一只蜘蛛爬在一根树枝上。"亨莉耶特,"他说,"快看啊,那棵树上的叶子多美丽啊!"他一边说,一边指着小道另一头的一棵树。

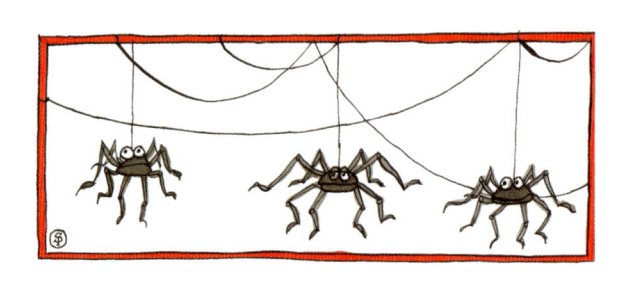

趁着亨莉耶特看树叶的时候,他迅速地把蜘蛛赶跑了。

"非常漂亮,"亨莉耶特说,"不过我想做些别的事情。我们一起到树林中间的那片很大的空地上去,好不好?我们可以在那里玩捉人游戏和躲猫猫!"

突然,托比亚斯露出害怕的神情。"我不太想去,"他说,"那里总是有很多很多大狗!"

"可是你用不着怕他们啊!"班尼狗说。

"他们有时候会用脏话骂我,"托比亚斯说,"因为我的腿太短了。"

"这跟亨莉耶特怕蜘蛛是一个道理。"班尼狗说。

"说不定他们根本没在那儿,你压根就不用害怕了。我们先去看一看。"

"那好吧,"托比亚斯说,"要是你们保证,那些大狗欺负我的时候你们会帮我,那么我就跟你们一起去!"

"我们保证!"亨莉耶特和班尼狗齐声说。

他们来到空地后,发现那里一只狗也没有。他们三个在那里玩了很久。

"你从来都不害怕吗?"亨莉耶特和托比亚斯问班尼狗。

"不害怕,从来都不怕。"班尼狗说。"其实,"他又说,"我也害怕一样东西。那就是我在这个世界上一个朋友都没有。"

"那永远也不会发生!"亨莉耶特和托比亚斯异口同声地说道。他们紧紧地拥抱了班尼狗。

彼得诺拉

"亨莉耶特到底去哪儿了？"班尼狗问道，"我们就快上课了。"

"她平时很准时的。"托比亚斯说。

就在上课铃声快要响起的时候，亨莉耶特匆匆忙忙赶到了。确切地说，如果远处那个乌漆墨黑的拖布是亨莉耶特的话，那么她是赶到了。

"早上好！"亨莉耶特说，"发生什么事了吗？你们的脸色看起来不大好。"

"你是不是掉进泥潭里了？"托比亚斯问，"你看上去就像刚从垃圾桶里钻出来一样！"

"不是，我是特意用染发剂把我的毛染黑的。"亨莉耶特说。

"为什么？"班尼狗问，"你原本的颜色更配你啊！"

"我要申请工作，"亨莉耶特说，"申请为圣尼古拉斯工作。我想要当彼得，可以帮圣尼古拉斯送礼物！"

"哈哈！"托比亚斯笑了起来，"根本就不可能。只有男孩才能当黑彼得！"

"你胡说八道！"亨莉耶特说，"女孩也可以当助手，成为黑彼得的！"

"可是彼得原本就是男孩的名字啊！"班尼狗说。

"那我就叫彼得诺拉！"亨莉耶特说，"黑彼得诺拉！"

"今天下午圣尼古拉斯会到市中心去。"班尼狗说。

"我要问问他，我可不可以为他工作！"亨莉耶特说。

第二天，亨莉耶特不仅一身漆黑地来到学校，她还戴着黑彼得的帽子和项圈。

"怎么样？圣尼古拉斯是不是请你做助手，允许你当彼得了？"班尼狗问。

"未来的几天，黑彼得诺拉是不是要爬到屋顶上，挨家挨户地从烟囱里往下丢礼物啦？"托比亚斯问。

"我还没去见圣尼古拉斯呢，"她说，"我明天再去！"

"为什么明天才去？"托比亚斯问道，"你

去得越早,就越快可以得到工作啊!"

"我知道了,"班尼狗说,"你害怕圣尼古拉斯!他把所有的事都记在他的红本子上,里面包括了你做过的淘气事。你一定做过不少呢!"

"喊喊喊!"亨莉耶特说,"我从来都不淘气,所以我根本就用不着害怕!"

"真的吗?"托比亚斯问,"就一点都不怕?"

"这么说吧,"亨莉耶特说,"也许圣尼古拉斯会觉得我偶尔有一丁点刁钻!"

"别害怕,"班尼狗说,"通常,你都是很可爱的。再说了,当彼得也需要偶尔刁钻一下的!"

"那么我放学就去找圣尼古拉斯。"亨莉耶特·彼得诺拉说。

"圣尼古拉斯说了什么?"第二天早上,托比亚斯问亨莉耶特。

"你有没有成为黑彼得,沿着烟囱丢礼物?"班尼狗问。

亨莉耶特没有回答。她把身上黑色的染发剂冲得干干净净,看上去就跟平时没什么两样。

"是不是圣尼古拉斯不许你告诉我们任何消息?"班尼狗问。

"我不能成为黑彼得。"亨莉耶特说。

"什么?"班尼狗说,"你戴着帽子,插着彼得羽毛的模样真是神气极了呀!"

"一切都很顺利,"亨莉耶特说,"圣尼古拉斯很高兴我愿意提供帮助,还为我宣读了黑彼得的章程。那里面要求,要当黑彼得,就得会翻爬,而且要时时刻刻都很高兴。然后,我还参加了抛小姜饼的测试。我丢得可远了!我还唱了一首圣尼古拉斯节的歌,圣尼古拉斯说,他从来没有听见过这么美妙的高音。"

"可是到底是哪儿出错了呢?"班尼狗问。

"当圣尼古拉斯念到章程的最后一行时,"亨莉耶特说,"他说,黑彼得只能四处送礼物,可是自己却不能得到任何礼物!那一刻,我就不想当黑彼得了。"

"我明白。"班尼狗说。

"等我长大了,再去当黑彼得,"亨莉耶特说,"圣尼古拉斯说了,我到时候可以再去试试。"

圣尼古拉斯节的另一首歌

终于到了圣尼古拉斯节的前夜——礼物之夜。亨莉耶特和托比亚斯来到班尼狗的家里一起庆祝。

"但愿圣尼古拉斯知道我们在你家里庆祝节日。"亨莉耶特说。

"我妈妈已经写信告诉圣尼古拉斯了,"班尼狗说,"你完全不用担心!"

"我希望我能得到漂亮的礼物。"亨莉耶特说。

"我们永远也得不到我们最想要的礼物,"班尼狗说,"况且,这还取决于你这一整年里乖不乖呢。"

"也取决于你有没有唱够圣尼古拉斯节的歌!"托比亚斯说。

"我每天晚上都会把我知道的圣尼古拉斯节的歌全部唱一遍,"亨莉耶特说,"有《远处开来了蒸汽船》,有《圣尼古拉斯,带着你的助手快进来》,有《最最亲爱的圣尼古拉》,还有《孩子们快听,敲门的是谁》!"

"我想,圣尼古拉斯总是听着同样的歌!"班尼狗说,"他一定也想时不时能听上一首新歌!说不定我们能得到更多的礼物呢!"

"我们可以唱聪敏老师教我们的那首歌啊!"托比亚斯说。

"是《垃圾箱小鬼》吗?"亨莉耶特问。

"是的,"班尼狗说,"我们到烟囱下面去唱这首歌吧。"

托比亚斯、亨莉耶特和班尼狗整整齐齐地站成一排。"我数到三,我们一起唱。"班尼狗说。

"一,二,三!"

"他就出生马路上,
爸爸暴躁妈妈脏,
没有食物没衣服,
没有被子也没床。
天气寒冷街边站,
冻得身上直打颤。
可怜虫儿没人爱。
四处游走去流浪,
寻找充满爱的家,
噢,可怜的垃圾箱小鬼!
噢,可怜的垃圾箱小鬼!
忽有一天看见她,
走在街上买骨头。
身份高贵血统纯,
样貌迷人大眼眸。
飞快逃回汽车上,
不让小鬼亲一口。
四处游走去流浪,
寻找充满爱的家,
噢,可怜的垃圾箱小鬼!

噢，可怜的垃圾箱小鬼！
因为爱情而落泪，
满怀悲伤心破碎。
大街小巷去流浪，
孤身一人未成对。
脑袋低沉无力抬，
脸色苍白面容晦。
女孩坐上大汽车，
汽车飞驰把他轧。
一命呜呼上天堂，
故事就此完结了。
不再四处去流浪，
天堂是有爱的家。
噢，可怜的垃圾箱小鬼！
噢，可怜的垃圾箱小鬼！"

他们唱完歌后，亨莉耶特擦了擦眼角流出的泪珠。

"每当我唱起这首歌的时候，我都会觉得他很可怜！"她说。

"我只希望圣尼古拉斯也会喜欢这首歌。"班尼狗说。

突然，门铃响了起来。班尼狗、亨莉耶特和托比亚斯一同朝门口奔去。

"喔喔喔！"他们三个大声地喊。门口放着一个非常大的篮子，里面装满了礼物。

"这一定是因为我们唱了歌的缘故！"托比亚斯说。

"我想，这是因为你们三个都很乖的缘故，"妈妈说，"我们赶快看看这些盒子里都装着什么礼物吧！"

暴风雨

班尼狗醒了。他听见十分奇怪的声音。有个东西在不停地敲打着窗户。似乎整幢房子里充斥着咯吱咯吱、叽嘎叽嘎的声音。

他赶忙抖了抖身子，让自己清醒过来。舒展了身子后，他从床上蹦了下来。

这些声音是从哪里来的？

一根粗壮的树枝不停地碰撞着窗户。班尼狗看见成百上千片叶子在空中飞舞。他从没见过云朵以这么快的速度飘过。起初，周围还是漆黑一片，不一会儿，太阳就露出了笑脸。可是不一会儿，就又下起雨来了。

天空中飞舞着枝丫，以及一根很粗的枝子，甚至还有一棵树！

一定要让妈妈看看眼前的景象！班尼狗走到妈妈的床前，拽了拽妈妈的耳朵。妈妈睁开一只眼睛。

"我刚睡着，"她说，"这暴风雨吵得我一整晚都没睡好！"

"暴风雨？"班尼狗问。

"是啊，正刮台风呢！"妈妈说。

"那就难怪所有的东西都在空中飞舞啦！"班尼狗说，"有最漂亮的枝子和枝丫。我要把它们全都收集起来！"

"它们飞得太快了！"妈妈说，"你跑步的速度是怎么也比不上风的速度的！"

"不管怎么说，我都要去试一试，"班尼狗说，"我跟托比亚斯一起去！"

妈妈从床上蹦了下来。"先吃早饭，"她说，"然后我们给托比亚斯打电话！"

班尼狗飞快地把早餐吞进肚子里。"吃好啦！"他喊道，"现在可以去找托比亚斯了！"

妈妈拿起电话机，拨了达克斯家的电话号

码。"喂,我是托比亚斯!"妈妈听见电话里传来一个声音,"你们那里的暴风雨跟我们这里一样猛烈吗?"

"是的,"妈妈说,"我还从来没有见过这么强劲的风呢。我可以跟你妈妈说几句吗?"

"早上好!我是达克斯太太。"

"早上好,我是班尼狗的妈妈!"妈妈说,"班尼狗很想跟托比亚斯一起在风中扑树枝!"

"这可绝对不行!"达克斯太太说,"您还记得我的邻居太太最后的遭遇吧?"

"您的邻居太太？"妈妈说，"我一点也不知道！"

"我曾经有一个世界上最友善的邻居，"达克斯太太说，"她是一条小贵宾犬，身上满是短短的、黑色的卷毛！"

"您说'曾经'，"妈妈说，"她搬走了吗？"

"比搬走糟糕多了，"达克斯太太说，"她被风刮走了！"

"这么轻易就被刮走了？"妈妈问道，"这怎么可能呢？"

"三年前,外面下着暴风雨,刮的是西南风。她走出了屋子!"达克斯太太说,"一阵强风把她卷到半空中,她从此消失了!"

"太可怕了!"妈妈说,"她要是落到一个安全的地方就好了!"

"我们永远也不会知道了,"达克斯太太说,"所以,我告诫所有体重低于十公斤的小狗,下暴风雨的时候千万不要出门!"

"我的班尼狗只有十公斤重,"妈妈说,"这么说来,他绝对不能在这种天气里出门了!"

"您以为我的托比亚斯有多重?"达克斯太太说,"他才五公斤重!"

"对他们来说,这太可惜了。"妈妈说。

"只要暴风雨还没停,"达克斯太太说,"我就待在家里,哪儿也不去!"

"我们可以把托比亚斯和班尼狗拴住,"妈妈说,"只要我们拉紧绳子,他们就不会被风刮跑了!"

"您确定吗?"达克斯太太问,"我真的不太敢呢!"

"当然确定!"妈妈说,"什么事情也不会发生的,我们这就来接你们!"

"我们出门去,班尼狗,"妈妈说,"不过你必须拴上绳子,否则你会被风刮跑的!"

"太刺激了!"班尼狗喊了起来。只是他的话一会儿就消失在风中。

"我听不见你说什么!"妈妈喊道。

"很刺激!"班尼狗大声喊着说。

风从他们的耳边呼啸而过。终于来到了达克斯家的大门口。妈妈摁响了门铃。

达克斯太太把鼻子探了出来。"您确定没问题吗?"她问道,"我还是觉得有点吓人!"

"不会出事的,"妈妈说,"只要把绳子抓紧就行了!"

托比亚斯和他的妈妈也一同来到屋子外面扑树枝。可是树枝飞得飞快,他们根本就抓不住。

"好漂亮的云朵啊!"班尼狗的妈妈喊道。可是达克斯太太还没来得及抬头看,就刮来一阵强风,她感到绳子突然被拉紧了。

呼,托比亚斯飞上了天!就连班尼狗也被吹到了半空中。

他们看上去就像两只风筝!等风小一些的时候,他们才慢慢地落回到地面上。

"现在我知道小鸟是什么样的感觉了!"班尼狗喊道。

热狗

纽约 警察

冬天

自己的房子

"班尼狗!"妈妈喊道,"你在哪儿?"她把整幢房子都转遍了,可是无论哪里都瞧不见班尼狗的影子。"你是不是没有告诉我,就自己玩起捉迷藏来了?"

"我就在家里!"一个声音传来。这是班尼狗的声音。

"到底在哪儿?"妈妈问,"我把整栋房子都找遍了。"

"我在我自己的房子里。"班尼狗说。

"我就是在我们自己的房子里找啊!"妈妈说,"你到底在哪儿?"

"我有自己的房子了。"班尼狗说。

妈妈发现,班尼狗的声音是从厨房里传出来的。"你在这里吗?"她问。

"是的,你差不多猜对啦!"

妈妈掀起桌布,看了一眼。"你为什么待在这儿?"

"这是我自己的房子,"班尼狗说,"桌面是我的屋顶。这个就是我的门!"他一边说,一边把桌布推到一边。

"可是奶奶一会儿来家里吃饭的时候我们该怎么办呢?"妈妈问,"你就待在桌子底下不出来了吗?"

"是的,"班尼狗说,"这才更有意思!"

晚上,奶奶来了,妈妈把晚饭端到桌上。就在这时,奶奶突然感到她的腿被夹了一下。

"真怪异,我的腿被老鼠咬了!"奶奶一边说,一边朝妈妈挤了挤眼睛。

"我们家里有老鼠吗?"妈妈说,"这可不好办!"

"叽叽叽叽!"班尼狗大声地叫道。

"哎呀呀,"奶奶说,"这么听起来,这还是一只大个子老鼠呢!我觉得我应该拿一些好吃的东西,把那个可怕的家伙引诱出来!"她用手拿起一块香喷喷的熏猪肉,伸到桌布底下。

"这只老鼠很温顺,他乖乖地把我手里的东西吃掉了!"奶奶说,"可是班尼狗究竟在哪儿?他是不是正和托比亚斯、亨莉耶特玩?"

"我不知道,"妈妈说,"我已经很长时间没有看见他了。"

突然,班尼狗从桌布底下把头伸了出来。"吓你一跳!"他大声喊道。

"我的孩子啊,"奶奶说,"你待在桌子底

下干什么?"

"我就住在这儿!"班尼狗说,"你看,我的房子四面都有墙,还有一个屋顶。"

"那么这是什么?"奶奶一边问,一边晃动了一下自己的腿。

"这是我花园里的大树。"班尼狗说。

"好吧,那么我就是一根会走路的树干,"妈妈说,"我去把甜品端过来。"

等妈妈回到座位上坐下后,班尼狗便一个劲地挠她痒痒。妈妈忍不住笑出了声。"我要去挠另一棵大树的痒痒喽!"班尼狗说。

奶奶也笑了起来。

"我的房子周围有一片奇特的花园,"班尼狗说,"花园里种满了痒痒树!"

嘚嘚嘚嘚嘚

"你的样子就像在抽雪茄。"班尼狗说。他和托比亚斯、亨莉耶特一起朝学校走去。

"是啊,你就像是一根工厂的大烟囱,不断地往外面冒热气。"托比亚斯说。

亨莉耶特一句话也没有说。只有她的牙齿不停地打架,发出声响。

"你今天怎么这么安静?"托比亚斯说。

"我……我……我……我很……很……很冷。"她说。

"外面冻得厉害,"班尼狗说,"你们看,就连池塘都结冰了!"

他飞快地奔向池塘,用肚子贴着冰面,滑行了一段。

"轮到你了,亨莉耶特!"班尼狗说。

"呵!不……不……不用了,"亨莉耶特浑身发着抖,说道,"我……我……我的腿……腿……腿会……会……会冻得……得……得……受不……不……不了的!"

"我知道了,有一件事情可以让你暖和起来。"托比亚斯说。说着,他奔跑起来,越跑越快,越跑越快。他把耳朵紧紧地贴在脑袋上,然后往前连蹦三下,随后,他收起他的腿,在空中飞翔了一段。

"我知道了,我知道了!"班尼狗喊了起来,"这是达克斯舞步!"

"你也会吗?"托比亚斯问道。

"你瞧好了。"班尼狗说。他也跑了起来,蹦了三下,在空中飞翔了一小段。

"应该配上音乐!"托比亚斯说,"我来为你们唱歌!"

"是不是因为跑的速度不够快?
又或是你的肚子太大腿太短?
说不定你只不过是能量过剩?
或者身子僵硬还有膝盖犯疼……
跳起达克斯舞步啊达克斯步,
离开它有谁的心里能够舍得?
跳起达克斯舞步啊达克斯步,
它是狗的骄傲和世界的奇迹!
跳起达克斯舞步啊达克斯步,
一清早起来就把舞步跳啊跳,
跳起达克斯舞步啊达克斯步,
摆起你的屁股跳起达克斯步!
加快速度往前奔跑加油迈步!
用力连蹦三下再摇摇小尾巴!
耳朵贴近小脑袋把腿收起来,
抬起小下巴再把鼻子往前拱!"

"跳起达克斯舞步啊达克斯步,
离开它有谁的心里能够舍得?
跳起达克斯舞步啊达克斯步,

它是狗的骄傲和世界的奇迹!
跳起达克斯舞步啊达克斯步,
一清早起来就把舞步跳啊跳,
跳起达克斯舞步啊达克斯步,
摆起你的屁股跳起达克斯步!"

"轮到你了,亨莉耶特!"班尼狗说,"你会很快暖和起来的!"

"我……我……我……不……不……不……要……要……要!"亨莉耶特止不住地颤抖。可是班尼狗却上前推了她一把。"快点!"他说,"我们为你唱歌,你只要照着节奏蹦起来就好了!"

"那……那……好吧!"亨莉耶特说。

班尼狗和托比亚斯大声地唱起歌,亨莉耶特跑了起来。她越跑越快,越跑越快,不一会儿,她就在空中飞翔起来了。玩过一次以后,她就停不下来了。余下的路上,她不停地跳着达克斯舞步。

托比亚斯和班尼狗也加入了她的行列。到达学校的时候,他们三个全都气喘吁吁的。

"怎么样,你还冷吗?"托比亚斯问。

"我都快热死了!"亨莉耶特一边笑着回答,一边把大衣和帽子丢到衣帽架上。

喔，圣诞——呜——呜！

"亲爱的孩子们，"聪敏老师说，"圣诞节就快到了，我们今天学唱一首圣诞歌曲。我们到大礼堂的舞台上去练习。"

全班同学都来到了台上。等他们全部集中后，聪敏老师拿起一根小棍子。

"我来当指挥，"她说，"莫珀斯老师为我们弹钢琴。"

聪敏老师站在乐谱架跟前，拿起小棍子轻轻地敲了三下。

莫珀斯老师便开始演奏了。她先把乐曲演奏了一遍。

"这首歌的名字是《圣诞树》。"聪敏老师说。紧接着，她把整首歌唱了一遍。

全班同学都竖起耳朵听着。

"这首歌我会唱。"亨莉耶特说。

"亨莉耶特，不要说话。"聪敏老师说。

"可是这首歌我已经会唱了啊！"亨莉耶特说，"所以我不需要练习了！"

"但是别人还不会唱，"老师说，"你站到我的旁边来，我们一起唱给大家听。"

聪敏老师和亨莉耶特一起把歌唱了几遍，然后就带着全班一起唱了起来。

"喔，圣诞树，喔，圣诞树，你的枝叶多么圣洁！我见过你挺立在树林里……"

突然，大家听见一个格格不入的声音："呜呜呜呜呜呜呜！"

全班都安静了起来，只剩下托比亚斯独自大声地呜咽。

起初，他并没有发现全班都在看着他。

"托比亚斯！"聪敏老师喊道，"托比亚斯！"

这下儿，托比亚斯才注意到，只有他一个人还在呜咽。

"你就像一头狼！"老师说。

"我也没有办法，"托比亚斯说，"一听见音乐，我就会变成这个样子！"

"有些小狗就是这个样子的，"老师说，"他们听见音乐就会呜咽起来！"

"我会努力克制自己的，我不会再发出声音了！"托比亚斯说。

老师再次拿起小棍子，轻轻地敲了三下。莫珀斯老师奏响了音乐。可是，大家刚唱到"我见过你挺立在树林里"时，托比亚斯又呜咽起来："呜呜呜呜呜呜呜！"

"我想，我们必须把歌词改一改了，"聪敏老师说，"我们不能再唱'喔，圣诞树'，应该唱成'喔，圣诞呜'。孩子们，跟我一起唱！"

于是，全班一同唱起了"喔，圣诞呜"。唱到托比亚斯呜咽的地方，他们一同加入了他的行列："呜呜呜呜呜呜呜！"

放学回家后，妈妈问班尼狗今天在学校里

做了些什么。

"我们新学了一首圣诞歌曲:《圣诞呜》!"班尼狗把歌唱给妈妈听。

"我还从来没有听过这么特别的圣诞歌曲呢。"妈妈笑着说。

一个不会飞的天使

放学的铃声还没有响起,可是班尼狗已经等不及了。今天放学后,他要跟妈妈一起装饰圣诞树!

终于到了一年的这个时候。他握了握聪敏老师的手。"明天见,"她说,"希望你装饰圣诞树能够愉快!"

"等等我们!"亨莉耶特在校门口尖着嗓子叫道,"我们跟你一起走!"

可是班尼狗等不及,已经一溜烟跑了。

当他回到家时,妈妈正拿着一把锯子和一把锤子站在花园里。她把两块木板交叉起来,钉成一个十字的形状,装在圣诞树的底部。然后,她把圣诞树倒过来,提在手里,拖着它进屋。

"我们还从没有过这么大的树呢!"班尼狗说,"我们是不是应该拿一些彩灯?"

他跟在妈妈身后,走上楼梯来到阁楼。妈妈从架子上取下一摞盒子。

"把它们一个一个搬到楼下去,"妈妈说,"一个都不可以摔碎。"

班尼狗小心翼翼地沿着楼梯走到楼下,然后再回到阁楼上。

等所有的盒子都被搬到楼下之后,他们就动手做起了有意思的事:拆盒子。彩灯全都用彩纸包着,班尼狗小心翼翼地把它们一个一个拿了起来。班尼狗最喜欢的挂件一个接一个出现了:有戴着高帽子的雪人,有挂着金属坠子的银色铃铛,有戴着圣诞帽子的小狗,有各式各样的银白色松果,外面还包裹着真正的雪,还有坐在雪橇上的圣诞老人。

班尼狗把圣诞彩球一个接一个递给妈妈。等树枝挂满了彩球,再也没有空余的角落时,妈妈搬来了梯子。圣诞彩球越挂越高。

班尼狗每递一个球,就往后退几步,看看妈妈挂得怎么样。

"往右一点。"他喊着,或者是"再高一点。"

"我们已经快完成了,"妈妈说,"不过我先要给你一个惊喜。"她掏出一个饼干盒。班尼狗打开盒子,看见里面装满了圣诞花环面包。

"我们把它们也一起挂到树上。不过我们可以先尝一尝,看看它们的味道怎么样。"

尝了两块之后,班尼狗十分确信。这是他吃到过的最香甜的圣诞花环面包!

该是把圣诞天使挂到树的顶端的时候了。班尼狗打开彩纸,把天使取了出来。妈妈站在梯子的最高处,伸出前腿去够树的顶端,刚好可以够得到。

"好了,"她说,"天使挂好了。"

可是她的话音还没落,只听"啪"的一声,天使掉在了地上,摔得粉碎,地上满是银白色的碎片。

"它是一个不会飞的天使,"妈妈看见班尼狗悲伤的面孔,忙对他说,"不过没关系,岁岁平安。你现在可以许一个愿望!"

"那我就希望……"班尼狗说。

妈妈用前腿捂住班尼狗的嘴。"别说出来,"她说,"否则,愿望就不会实现了。"

没有了天使,妈妈就在圣诞树的顶端系了一根彩带。激动人心的时刻到来了:班尼狗可以把灯点亮了。他和妈妈一起,盯着圣诞树看了很久很久!

圣诞演出

"很冷吧?"妈妈把班尼狗从自行车的前筐里抱出来时,班尼狗说。

"我是跟着自行车一路跑过来的,"托比亚斯说,"所以现在热得很!"

所有的小狗都来到了学校门口。今天是一个激动人心的日子。今天要分配今年圣诞演出的角色了。

"亨莉耶特的样子看起来很奇怪。"托比亚斯说。

"你是不是不舒服?"班尼狗问亨莉耶特。

她头上系着一个蓝色的蝴蝶结,缩着前腿,抬头看着天空,一副奇怪的模样。

"我已经在练习了,"亨莉耶特说,"练习扮演玛丽亚的角色。"

"这根本没有意义,"托比亚斯说,"你还不知道你会分到哪个角色呢。我们先要抽签,说不定你只能演一只羊或者一个牧羊人。也有可能是一只驴哦!"

"也可能是耶稣宝宝啊!"班尼狗说。

"羊!喊!"亨莉耶特说,"我有权利扮演一个属于我的角色!"

上课的铃声响了。"快进来吧,"聪敏老师说,"我们来抽签!"

"圣诞演出的角色分配得怎么样了?"班尼狗、亨莉耶特和托比亚斯放学回家后,妈妈问。

"很好,"托比亚斯说,"我们全都分到了很好的角色。"

"我们成了圣诞演出中的'亨尼托'组合。"亨莉耶特说。

"只不过,我们不叫亨尼托了,而是叫加默巴!"托比亚斯说。

"我对圣诞故事十分熟悉,"妈妈说,"可是我还从来没听说过加默巴呢。"

"真的有这几个角色,"班尼狗说,"你猜猜我们分别扮演谁!"

"这是牧羊人的名字吗?"妈妈问,"或者是天使的名字?"

"不是,答错了,"亨莉耶特说,"给你一点提示。我们来自东方。"

"而且我们为耶稣宝宝带来了非常漂亮的

礼物。"托比亚斯说。

"噢!"妈妈说,"你们是三个来自东方的智者——三个国王!"

"是的,"班尼狗说,"我们是加斯帕尔、默尔希敖和巴耳塔撒尔!"

"那我们得赶快做几顶漂亮的皇冠,"妈妈说,"那样,你们就能像真正的国王一样了。"

"我想要一顶会发光的,"亨莉耶特说,"粉红色的光!"

他们三个一同动手,努力地劳作起来。

"东方来的三位智者怎么样了?"过了一会儿,妈妈问,"你们的演出服准备好了吗?"

"我们就快做好了,"亨莉耶特说,"只剩下班尼狗的皇冠还没完成了。"

"那堆被你剪得乱七八糟的东西看上去一点儿也不像皇冠。"托比亚斯对班尼狗说。

"这个东西非常特别,"班尼狗说,"我做的是一顶下雨天皇冠。"

"下雨天皇冠?"亨莉耶特问道,"这跟圣诞故事有什么关系?"

"有很大关系啊,"班尼狗说,"三位智者看到天空中的伯利恒之星在闪耀,就知道宝宝出生了!可是如果下雨的话,天空中就会有很多乌云,那样就一颗星星也看不见了!"

"有了下雨天皇冠就不怕下雨了吗?"托比亚斯问。

"有了下雨天皇冠,我们就可以透过乌云看到天空,"班尼狗说,"这样的话,即使下雨,三位智者也可以找到小宝宝!"

"我觉得这个想法很不错,"妈妈说,"你们是真正的智者!"

摇晃的牙齿

"我只要用舌头顶一下,它就会摇晃起来。"班尼狗说。

"你在说什么?"妈妈问,"什么东西摇晃起来?"

"我的牙齿,"班尼狗说,"它一直摇来摇去的。"

"让我看看,"妈妈说,"把你的嘴巴张大一点!"

班尼狗把嘴张到最大。最外面的那一颗就是会摇晃的牙齿。

"我看见了,"妈妈说,"你要换牙了。"

"我要换什么?"班尼狗问。

"松动了的牙齿是你的乳牙,"妈妈说,"等它掉下来之后,那里就会长出一颗成年狗狗才会有的牙齿。"

"是马上就会有一颗新牙齿吗?"班尼狗问。

"不是,"妈妈说,"它会慢慢地长出来,就像一棵小盆栽一样。"

"我们也要给牙齿浇水吗?"班尼狗问。

"它会自己长出来的,"妈妈说,"现在到了上床睡觉的时候了。"

班尼狗躺在床上,满脑子想的都是关于摇晃的牙齿的事。

等这颗牙齿掉下来以后,他心里想,我就要把它吞进肚子里!突然,他清醒过来。他跑到妈妈跟前。"我真的睡不着!"他喊道。

"为什么呢?"妈妈问。

"万一摇动的牙齿在我睡着的时候掉了,"班尼狗说,"我的肚子里就会长出一颗牙齿的!"

"牙齿不会长在肚子里的,"妈妈笑着

说,"不过,如果你真的这么担心的话,我倒是有一个办法。"

妈妈从针线盒里拉出一根长长的细线。

"把你的嘴巴张大一点。"她说。妈妈小心翼翼地用细线绑住班尼狗那颗摇晃的牙齿。

"咿呀呜喔。"班尼狗含混不清地说。

妈妈拉着细线的另一头,走到门口。她打开门,把细线系在门把手上。

"好了。"妈妈说。说完,她拉住大门,狠狠地把它摔了出去。砰!

"哎哟!"班尼狗喊了一声。

系在门上的细线落到了地上。它的一头还绑着一颗牙齿。

班尼狗伸出舌头舔了舔摇晃的牙齿的位置。除了柔软的牙床,他什么也没有碰到。不过那里的味道怪怪的,就像铁锈一样。

妈妈拿起绑着牙齿的细线。"给,"她说,"如果你把牙齿放在床上的话,牙齿仙女就会来到你身边,送给你一份礼物。"

班尼狗拿起细线,把它放进被窝里。

"现在赶紧睡觉。"妈妈说。她把班尼狗抱到床上,为他盖好被子。

空白的纸

"你们去画一幅漂亮的画吧!"班尼狗的妈妈说,"这里有画画用的东西:有几张很大的纸,还有颜料!"

"好主意!"亨莉耶特说,"反正我们也不能到外面玩。雨下得实在太大了!"

"我不太会画画。"托比亚斯说。

"可是你很会调颜色啊!"亨莉耶特说,"你愿意帮我调出粉红色吗?我已经知道自己要画什么了!"

"你要画什么?"班尼狗问,"一头粉红色的小猪吗?"

"不是,你这个笨蛋,"亨莉耶特说,"当然是一个穿着粉红裙子的公主啦!"

托比亚斯拿起白色和红色的颜料,把这两个颜色挤在一起。"这样就可以调出粉红色来了。"他一边说,一边用力地搅拌这两种颜料。

"可是这个颜色太深了。"亨莉耶特一脸嫌弃地说。

"呶,我再加一点白色就好了,"托比亚斯说,"这样是不是好一些?"

亨莉耶特满意地点了点头。

"你想画什么呢,班尼狗?"托比亚斯问。

班尼狗坐着一动也不动,两眼直盯着大大的、空白的纸。"我不知道,"他说,"我不知道该怎么选!"

"你给托比亚斯画一幅肖像画吧!"亨莉耶特说,"不过那样的话,你需要两张纸,要不然,他的身体就没地方画了!"

"你说话小心一点哦!"托比亚斯说,"否则,我会把这团漂亮的粉红色变成一坨恶心的屎黄色!"

亨莉耶特什么也没有听到,因为她已经开始埋头画画了。她用黄色的颜料画了皇冠和公主的头。然后,她动手画起了粉红色的裙子。她用一支小画笔刷呀刷,画得非常仔细。

过了十分钟,妈妈端着一盘小点心走了进来。"我这里有好吃的,"她说,"你们可以一边画一边吃。你画的公主真漂亮啊,亨莉耶特!你想画什么呢,班尼狗?"

班尼狗依旧坐着不动,两眼盯着空白的纸。"我不知道怎么选。"他说。

"不用多久,你就会有想法的!"妈妈说。

托比亚斯正忙着调颜色。他把所有的颜料都搅在一起。"这样会变成棕色的!"亨莉耶特说。

"是啊!"他说,"是达克斯棕。要是班尼狗不愿意给我画肖像,我就只能画一幅自画像了。"

"完成了!"不一会儿,托比亚斯喊道。亨莉耶特的公主也已经画完了。

"你呢,班尼狗?"托比亚斯问。

"我也完成了!"班尼狗说。

"可是你的纸上什么都没有啊!"亨莉耶特不解地说。

"有的。我画了一个很难画的东西,"班尼狗说,"那就是我自己的毛。不过,要离得很近很近才能看得见!"

烟火

"今天晚上放那个的时候你们会去哪儿?"亨莉耶特问。

托比亚斯满脸疑惑地问道:"放那个?"

"咳,我觉得还是不要说出来的好,"亨莉耶特说,"就是那个可怕的烟火庆典,除夕夜的庆典!"

"哦,你说的是这个啊!"托比亚斯说,"我们就跟去年一样,全家一起钻在床底下。"

"我会钻到我的被窝,把所有的被子都盖在我的脑袋上。"亨莉耶特说。

"你呢,班尼狗?"托比亚斯问,"你今年打算怎么过?"

"我要去看烟火。"班尼狗回答道。

"是啊,是啊,你最喜欢逞英雄,"亨莉耶特说,"没有任何一只狗能受得了那种噪音!"

"我已经有办法对付它了!"班尼狗骄傲地喊道。他从口袋里掏出几团棉花。"只要把这个塞到耳朵里,把它摁严实,那就什么声音也听不见了!"班尼狗说,"给,你们试试吧!"

亨莉耶特和托比亚斯各自往耳朵里塞了一大团棉花。等他们把耳朵塞好之后,班尼狗开始了他的测试。"亨莉耶特是一个讨厌鬼,托比亚斯是一根长了腿的香肠!"他大声地喊道。

真管用! 亨莉耶特和托比亚斯傻乎乎地看着前面,一点声音也没有听到。

班尼狗把耳塞从他们的耳朵里取了出来。"今天晚上我们三个一起去看烟火吧!"

"太刺激了!"亨莉耶特喊道。

"有一点恐怖。"托比亚斯喃喃地说道。

夜色降临了。他们三个一起坐在巨大的时钟底下。时钟的指针缓缓地爬向十二点。是时候把耳塞装进去了。他们把耳朵塞得严严实实的,然后一起来到窗前坐着。

突然,最漂亮的星星像火箭一样冲向了天空,布满了夜空中的每一个角落。五颜六色的烟火就像喷泉一般,四处飞溅。他们目瞪口呆地看着烟火。

"简直光彩夺目!"亨莉耶特喊道。

"一点儿也不恐怖!"托比亚斯说。

"新年快乐!"班尼狗大声地喊道。

可是亨莉耶特和托比亚斯完全没听见他的声音。

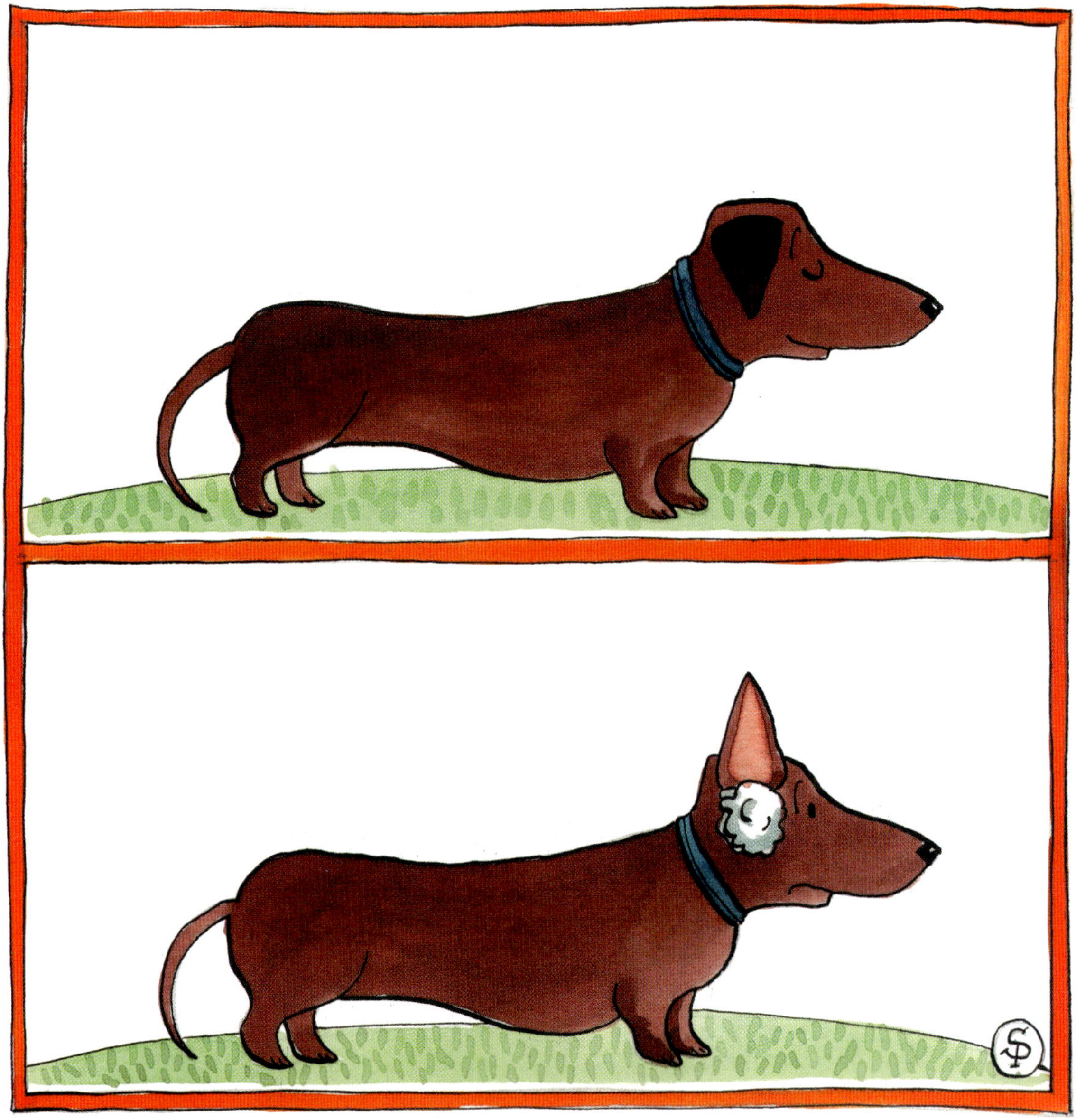

新年快乐 1

"新年快乐!"托比亚斯来到班尼狗的家,一边进门一边说。

"你也是,亲爱的孩子,"班尼狗的妈妈说,"希望你们在新的一年里依旧是彼此很要好的朋友!"

"年到底会新多长时间?"班尼狗问,"如果它只有一天那么长,那么它还算是新的,可是如果年有一个星期那么长,它仍旧算新的吗?还是就算旧的了?"

"我觉得年会新很长时间,"托比亚斯说,"这样的感觉很好,就好像一切都不一样了。"

"我倒是觉得这很奇怪,"班尼狗说,"每个人都说它是新的,可是我根本看不出来它跟去年有什么不一样!"

这时,亨莉耶特走了进来。"新年快乐!"她说,"你们在谈论什么呢?"

"托比亚斯觉得年会新很久。"班尼狗说。

"可是班尼狗觉得新年完全都是胡说八道,因为一切都没有变化,跟去年一模一样。"托比亚斯说。

"你们两个说的都对,"亨莉耶特说,"我们感觉上年是新的,可是我们任何新的东西都看不见。不过,我倒是有一个办法。我们应该做好准备,让自己看起来焕然一新!那样的话,我们就会觉得,不仅年是新的,就连我们也是新的,因为我们跟去年完全不一样了!"

"可我们该怎么做呢?"托比亚斯问。

"哎,"亨莉耶特说,"这很容易。我们来玩理发的游戏吧!我们给对方换上不一样的发型,这样,我们就会觉得自己完全不一样了!"

"走,我们到我的房间里去,"班尼狗说,"我们先把理发店布置好!"

他们在一张椅子上放了一个靠枕和一块毛巾。这就是理发椅了。

他们又从浴室端来洗衣盆。"这个用来洗头发!"班尼狗说。

"这里有洗发水。"亨莉耶特说。

"我们要用到梳子和刷子,还有班尼狗妈妈的卷发器,"托比亚斯说,"最重要的东西我已经放在小板凳上了:那就是剪刀!"

"谁来当第一位顾客?"亨莉耶特问。

"我觉得自己还很新,"托比亚斯说,"班尼狗先来吧!"

"好吧。"班尼狗说。

"我们先从洗头发开始。"亨莉耶特说。她

往班尼狗的头发上涂满洗发水,然后举起一个喷壶,用温水把泡沫冲洗掉。

"请您坐到椅子上去。"亨莉耶特说。

班尼狗坐到椅子上。理发师问他想理一个什么样的发型。

"我不知道,"班尼狗说,"只要跟现在不一样就好。"

理发师埋头剪了起来。"我觉得卷毛和您很相配,"她说,"请助手把卷发器递给我。"

托比亚斯把卷发器递给她。等机器热了,亨莉耶特便动手把班尼狗的头发烫成了小波浪。

她忙活了很久。"总算完成啦!"理发师说。亨莉耶特和托比亚斯捧起镜子,把它举到班尼狗的面前。

"我看上去就像一头羊!"班尼狗说,"确实很不一样!"

"新年快乐!"理发师说,"下一位顾客!"

新年快乐 2

为了能以崭新的面貌迎接新的一年,班尼狗、托比亚斯和亨莉耶特玩了理发师的游戏。亨莉耶特是理发师。她把班尼狗的头发烫成了波浪。现在轮到托比亚斯了。他坐上理发椅。

"您自己有什么想法吗?"理发师问。

托比亚斯摇了摇头。"其实,我对我的发型还挺满意的。"他说。

"可是,如果您想要过一个快乐的新年的话,就应该换一个新发型!"理发师说,"您的头发很不好打理,因为您是一条毛发超级短的短毛达克斯猎犬!"理发师看上去十分沮丧。"不过我会尽最大的努力。请助手先为这位先生洗头。"

班尼狗把托比亚斯装进洗衣盆,给他抹上洗发水。等头发干了之后,托比亚斯又回到了理发椅上。

"你的发型将是狂魔乱舞。"理发师说。

"那是个什么东西?"托比亚斯紧张地问,"这听起来像是一种严重的疾病!"

"就是狂乱的发型。"理发师说。她拿起梳子,使劲地把托比亚斯的毛发往上梳理。不一会儿,他的毛发全都立了起来。"完成了!"她说。

"我看起来就像一条一整年没洗过澡的流浪狗。"托比亚斯一边照镜子一边说。

"不许抱怨,"亨莉耶特说,"你看上去很时尚。现在该轮到我了!班尼狗,你来当我的理发师!"

"您想要什么样的发型呢,太太?"理发师问,"是跟上次一样呢,还是要最新潮的发型?"

"换一个时髦的发型吧!"亨莉耶特说。

理发师拿起剪刀,咔嚓咔嚓剪了起来。一簇簇的头发漫天飞舞。

"您可别剪得太短了!"亨莉耶特说,"托比亚斯,我的头发好看吗?"

"漂亮极了!"托比亚斯说,"跟之前完全不一样了,焕然一新!"

理发师不停地剪啊剪。亨莉耶特伸出一条腿,摸了摸自己的头发。

"您赶快住手!"她生气地说,"我想要照一下镜子,看看我变成什么样了。"

托比亚斯和班尼狗把镜子举到她的面前。她放声尖叫,然后哭了起来。"你把我的头发全都糟蹋了!"她喊道,"这简直丑极了。这副模样让我怎么出门?!"

"你想要换一个不一样的造型啊!"班尼狗说。他垂头丧气地盯着地上的卷毛。

班尼狗的妈妈听见了亨莉耶特的尖叫声。她赶忙跑过来,看看究竟发生了什么事。"你们做了什么?"她惊讶地说,"你们全都变样了!"

"我们想要在新的一年里焕然一新!"托比亚斯说。

"好吧,你们的确做到了!"妈妈说,"尤其是亨莉耶特,她的模样实在是太特别了。"

"新年快乐!"班尼狗说。

"新年快乐!"妈妈和托比亚斯说。

"新年快乐!"亨莉耶特流着眼泪说。班尼狗的妈妈保证,会帮她把头发重新修剪一下。她这才破涕而笑。

奶奶读故事

"你可以选一本书,"奶奶说,"在你睡觉之前,我会给你读一个书里的故事!"

班尼狗跑到书架前面。奶奶特意在书架上留了一排给班尼狗放他的读物。奶奶读故事的时候总是很有耐心。她跟妈妈不一样,妈妈总是匆匆忙忙的。

"我不知道选哪一本,"班尼狗说,"它们全都很好!"

"我不能把它们全部读一遍,"奶奶说,"要不然,读到明天早上还没读完呢!"

"那我就挑一本最最厚的童话书,你把里面所有的童话故事都读一遍!"班尼狗说。

"不行,不行,只能讲一个。"奶奶说。

"我不是可以挑一本书吗?"

"你明明知道我的意思,"奶奶说,"选一个故事吧。"

"小红帽!"班尼狗说,"然后我来装大灰狼,你来装可怜的祖母!"

"好吧!"奶奶说完,读起了故事,"曾经有一个小女孩,她的名字叫小红帽……"

"到那个很有意思的段落了!"班尼狗说,"我现在要把你吃掉,然后我就假装我是祖母!呜哈哈哈!"班尼狗像一头野狼一般嘶吼起来。

"救命啊!"奶奶喊道,"一只危险的狼!噢,不!不要把我吃掉!"

"我最喜欢吃喷香多汁的祖母了!"班尼狗张大嘴巴。"啊呜!"

奶奶被他吞进了肚子。

"现在我假装自己是祖母,"班尼狗说,"你来当小红帽!"

"您好,亲爱的祖母,我为您带来了小骨头点心。"奶奶用小女孩的嗓音说道。

"你真好,孩子,"班尼狗说,"快到我的床上来,这样才更亲近。"

"咦,祖母,你的眼睛为什么这么大?"奶奶说。

"那是为了更好地看清你。"班尼狗说。

"咦,祖母,你的耳朵为什么这么大?"奶奶说。

"那是为了更清楚地听见你的声音。"班尼狗说。

"可是祖母,你的嘴巴为什么这么大?"奶奶说。

"那是为了更方便地吃掉小女孩,就像你这样的小女孩!"班尼狗咆哮道,"啊呜!"

随后,班尼狗往肚子上放了一个枕头,再盖上一层被子。他四脚朝天地躺着,顶起一个大肚皮。"真是美味的一餐,"他说,"小红帽和祖母实在太美味了!"

"那边发生了什么?"奶奶用低沉的嗓音说

道,"我是猎人。我正在找那只恶毒的狼。我要挠他痒痒,让他痒死。"

"噢,不!"班尼狗尖叫起来,"不要让我痒死!求求你,饶了我!"

可是奶奶已经挠了起来。班尼狗忍不住大声地笑。"停下!"他喊道,"求求你,饶了我!求求你,饶了我!"

"好吧,"奶奶说,"不过你得乖乖睡觉。"

"我可以再选一个故事吗?"

"明天再选,"奶奶说,"不过我现在变成仙女了,我要给你一个吻,那样,你就会沉睡一百年啦!"说着,她重重了亲了班尼狗一口。

"你明天早上会来把我吻醒吗?"班尼狗问,"一百年在我看来实在太久了!"

"我会的。"奶奶说。她轻轻地关了灯,又关上了门。

电视机

"你在做什么？"亨莉耶特问。

"我在做电视机！"班尼狗说。他拿起剪刀，在纸箱上剪出了一个圆形的大窟窿。

"真是一台漂亮的电视机，上面连一个开关按钮都没有！"亨莉耶特说。

"等着瞧！"班尼狗说。他又拿起一个小纸盒，在上面画了一些数字和圆圈。

"好了，这个是遥控器。有了它，你就可以开关电视机了。"

"可是电视上能看见什么呢？它里面全都是空的呀！"亨莉耶特说。

"我，我可以上电视！"班尼狗喊道，"给，拿着遥控器，坐到那个垫子上去！"

亨莉耶特在垫子上坐好后，班尼狗拿起纸箱，把它举过头顶。他在窟窿前面装上了小幕布。

"按红色的就可以打开电视，按蓝色的就是关上。"班尼狗说。他的声音有些沉闷。"我会在三频道上出现！"

"好吧。"亨莉耶特说。她先按了红色的按钮。"开！"她一边喊，一边按下了三号按键。

幕布缓缓地拉开了。

幕布的后面出现了班尼狗。他露出电视上最常见的表情。

"女士们、先生们、男孩们、女孩们，下午好！"班尼狗用严肃的语调说，"现在播放最后一则新闻！"

"呃！"亨莉耶特说，"我不喜欢看新闻！"说着，她按下二号按键，"还是看看二频道在放什么吧。"

可是班尼狗只顾自己继续说。"托比亚斯·达克斯家的花园里昨天发现了一根骨头。谁也不知道这根骨头是谁的。骨头的主人务必于两日之内到达克斯家认领。如果超过限期，他们就会自己把骨头吃掉！"

"这个电视机真没劲，"亨莉耶特说，"总共只有一个频道。我家的电视机有好多频道呢！"

"接下来播放广告……"她听见班尼狗说。只见他歪着脑袋，用甜美的嗓音说道："您梦想拥有一头卷发吗？请使用卷发灵！只需短短几分钟，让您拥有贵宾犬的气质！"

"我也要上电视！"亨莉耶特喊了起来。她抓过一个纸箱，在上面剪了一个洞。

随后，她坐到班尼狗的身旁。"可是现在要由谁来开电视呢？"亨莉耶特问道。

"我去把妈妈喊来！"班尼狗说。

不一会儿，班尼狗的妈妈走进屋子。"瞧一瞧，好漂亮的电视机啊！"她激动地喊了起来，"让我看看今天有什么节目。"

"我在五频道！"亨莉耶特说。

"我在三频道！"班尼狗喊道。

"先看看三频道上有什么。"妈妈说。

幕布拉开了。"欢迎您收看我们的节目!"班尼狗兴高采烈地喊道,"欢迎现场和电视机前所有的小狗!"

他的脖子上系了一个红色的领结。"我们现在进入'嗅一嗅'环节!"

"噢,不!"妈妈喊了起来,"我最讨厌电视节目里的游戏了。赶快换一个频道!"

她按下了五号按钮。

亨莉耶特把一头卷发甩到脑后。"您现在收看的是亨莉耶特主持的每周美容小常识!"

"嗯,"妈妈说,"这说不定很有意思。"

"您是不是觉得自己的长相越来越平淡无奇,回头率越来越低了呢?"亨莉耶特说,"那就试一试给您的蝴蝶结换一个颜色!"随后,她把两只耳朵在头顶上盘成一个圈,"或者把您的头发向上扎!"

"真是好建议!"妈妈说,"不过我现在先要到厨房去看看小骨头点心熟了没有!"

"小骨头点心!"他们两个从电视机里异口同声地喊道。

亨莉耶特和班尼狗从各自的纸箱底下钻了出来。他们跟着妈妈进了厨房。

"暂停一会儿!"亨莉耶特说。

"您是否感到无精打采?"班尼狗用播报广告的腔调喊道,"吃一块妈妈亲手做的小骨头点心,保证您立刻精神焕发!"

乖乖豆

"你看上去好帅!"托比亚斯对班尼狗说。

"今天是三王节,"班尼狗说,"你、我和亨莉耶特都是国王!我们得一整天都戴着皇冠。"

"这样就够了吗?"托比亚斯说,"我们可是国王啊,难道别的什么事都不用做吗?"

"我们要挨家挨户去唱三王歌,"班尼狗说,"说不定我们还能收到钱或者糖果呢!"

"那就跟圣马丁节一样啊!"托比亚斯说。

"确实有一点像,"班尼狗说,"不过,这一回,我们三个都会戴着皇冠。而且我们还会唱一首特别的歌。"

等亨莉耶特来了之后,班尼狗就给他们唱起了这首歌。

"三位国王啊三位国王,
请送给我一顶新帽子!
旧帽子早已经戴破了,
我却不敢告诉我妈妈!"

"真是一首怪异的歌,"亨莉耶特说,"我们头上不是戴着皇冠吗?!它根本没有破啊!"

"不管怎么说,这就是三王歌,"班尼狗说,"一直以来,大家都是这样唱的!"

他们把一小片一小片的彩纸贴在三顶皇冠上。等一切准备就绪后,他们就把皇冠戴在头上。

"我们可以借用一下你的菜篮子吗?"班尼狗问妈妈,"用来装糖果。"

"当然了!"妈妈说,"不过别吃得太多了哦,否则你们会肚子疼的。"

"好的,妈妈。"班尼狗说。他偷偷地冲亨莉耶特和托比亚斯挤了挤眼睛。不用说,他们一定会敞开肚子把糖果吃个够的。

他们敲响了周围所有邻居的房门。有一些前来开门的狗根本就不知道有三王节的存在。

"没关系,"班尼狗说,"我们再为您唱一遍我们的歌,到时候您就知道这是一个什么样的节日了。您可以等我们唱完之后再把糖果放进我们的篮子里。"

各家各户都给了他们糖果。他们的篮子很快就满了起来。

后来他们来到一栋房子前,开门的是一只年纪很大的狗。她非常喜欢听这首歌,可是她的家里却没有糖果。

"等我一会儿。"她说。她回来的时候,手里拿着三顶帽子。"给,送给你们一人一顶新帽

子!"她说,"你们不是在歌词里说了想要拥有新帽子吗?!"

三位国王忍不住大声地笑了起来。他们把帽子戴在头上,再把皇冠压在帽子上。

当他们回到家的时候,厨房里传来香喷喷的味道。

"我为你们烤了一个三王节的蛋糕,"妈妈说,"蛋糕里有惊喜哦!"

班尼狗、亨莉耶特和托比亚斯一人分到了一块蛋糕。妈妈也不例外。蛋糕好吃极了。

"哎哟!"托比亚斯突然喊道,"我咬到了一个硬东西。"他把嘴里的东西拿了出来。原来是一颗金豆子。

"这就是你说的惊喜吗?"班尼狗忍不住哈哈大笑。

"没错,"妈妈说,"谁吃到这颗豆子,谁就是今天真正的国王!"

"或者说谁就是乖乖豆!"亨莉耶特咯咯咯地笑了起来。

小心滑！

"嗯嗯嗯！我今天就待在我的床上，哪儿也不去！"班尼狗刚一醒来便说道。

"我已经把暖气打开了，"妈妈说，"昨天夜里结冰了。你看，窗框上都已经结起冰柱了！"

班尼狗在温暖的被窝里翻了个身。"我不要起床！"

"快点，"妈妈说，"你是一条勇敢的猎狐梗，这么一点小事是难不倒你的！你一会儿就得去学校了！"

班尼狗拖着沉重的步子朝厨房走去。呃，厨房的地面好冷啊！

"我们今天不能骑自行车去学校了，"妈妈说，"外面的地有点滑，走路出门比较安全！"

"那我给托比亚斯打电话，问问他愿不愿意跟我一起走路去学校。"班尼狗说。

"好的，"妈妈说，"你也一同问问亨莉耶特吧！"

不一会儿，托比亚斯和亨莉耶特就来到班尼狗家的门口。托比亚斯穿着一件厚厚的羊毛外套，而亨莉耶特则为了保暖戴上了一顶帽子。

"给，班尼狗，把围巾戴上，"妈妈说，"祝你们在学校过得愉快！"

"很冷吧？！"亨莉耶特说，"我一说话，嘴巴里就会喷出一团一团的雾气！"

"所有的水坑都结冰了，"托比亚斯说，"我可以在上面走路了！"

托比亚斯走到一个水坑上，试着往前迈步。可是水面上的冰太薄了。冰面破了，他一下子就掉进了水里。

亨莉耶特和班尼狗大声地笑了起来。"幸亏水坑不太深，不像池塘那样！"他们说。

当他们来到学校附近时，他们看见很多小狗聚集在大桥跟前。

"发生什么事了？"班尼狗问。

"大桥结冰了，"一条小狗回答道，"桥上太滑了，我们上不去。"

"我才不相信，"班尼狗说，"让我试试。"

他费力地走上大桥。他的脚不断往前迈步，可是却丝毫没有前进半步。所有的小狗一起大声地笑了起来。"我们已经跟你说过了，桥上很滑！"他们说。

"让我试试，"托比亚斯说，"我一定可以过去的。"说着，他往后退了几步，然后助跑，伸展四肢。他奔跑的速度非常快，以至于他一下子就冲上了大桥的顶端，轻轻松松就滑到了桥的另一头。

"成功啦！"他喊道，"把肚子贴着地面，那样就成啦！"

于是，所有的小狗挨个儿助跑、滑行，冲到了大桥的另一端。

最后,轮到亨莉耶特了。第一次,她没有成功。于是,她更加用力地助跑,终于也滑到了桥的另一头。

"瞧吧,"托比亚斯笑着说,"今天我不是班里唯一的拖肚皮啦!"

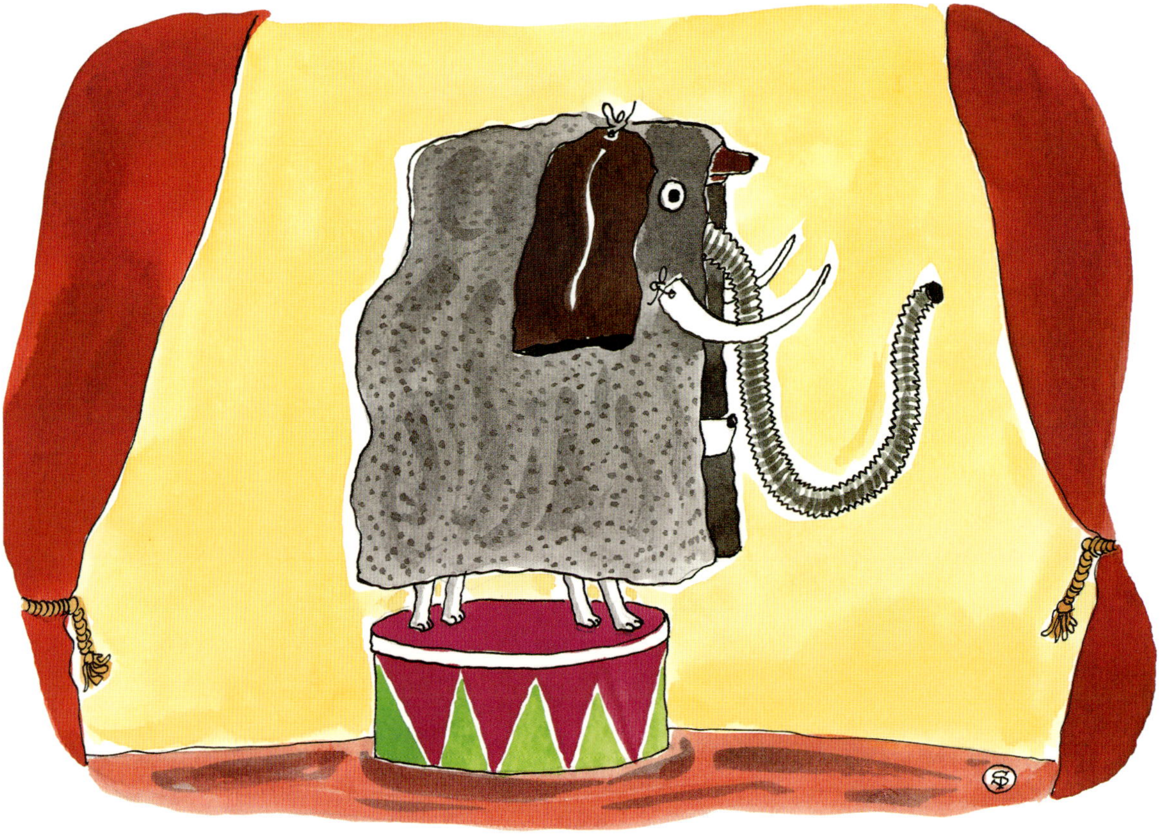

班尼狗马戏团

"等我长大了，我要进马戏团！"亨莉耶特说，"那样的话，所有人都会来看我，我每天都可以得到许多掌声！"

"人们可不是随随便便就会拍手的哦！"班尼狗说，"你得会表演才行！"

"是啊，就像这个样子。"托比亚斯说。他躺在地上，收起后腿。接着，他紧紧地闭住双眼，用前腿抱住脑袋。

"嗯，"亨莉耶特不耐烦地说，"你打算什么时候才开始你的表演？"

"这就是我的表演，"托比亚斯嘟囔道，"我是一只隐形的达克斯猎犬。"

"你更像是一根现了形的香肠！"亨莉耶特咯咯咯地笑了起来。

"即使你看不见你自己了，我们还是可以看见你啊！"班尼狗说。

"别的我什么也不会了，"托比亚斯沮丧地说，"这是我唯一会的表演。"

"你会什么？"亨莉耶特问班尼狗。

"我会只用后腿支撑着跑步，"班尼狗说，"看好了！"他把重心挪到他的后腿上，然后抬起了前腿。起初，他走得摇摇晃晃的，不过班尼狗还是坚持走了一圈。

"真好玩，"亨莉耶特说，"可是只靠这些，我们的马戏团是吸引不了多少游客的。你应该去学走钢丝！"

"你自己又会点什么呢？"托比亚斯问亨莉耶特。

"我长得很漂亮啊！"亨莉耶特说，"所有人都愿意来看我的卷发，我每晚都会扎上新的蝴蝶结！"

"在我看来，长得漂亮可算不上会表演！"班尼狗说，"我们得琢磨出一个特别的本领！"

"你们可以学习跳火圈。"亨莉耶特说。

"这个我永远也学不会，"托比亚斯说，"我长得太矮了。"

"或者在高空秋千上翻筋斗，"班尼狗说，"还得是在马戏团棚子的顶端！"

"这个我可绝对不行，"亨莉耶特说，"我有恐高症！"

"我有主意了，"班尼狗说，"跟我到车棚里去，我们到那里面练习！"

"我们要去那里练习什么样的表演呢？"亨莉耶特问。

"我们演大象！"班尼狗说，"演一头既会跳舞又会唱歌的大象！"

"我们该怎么做呢？"托比亚斯问道，"我们的个子这么小，怎么都装不成大象啊！"

"如果我们会叠罗汉，那就没问题了，"班尼狗说，"不过得先做一套漂亮的大象演出服！"

班尼狗在车棚里翻出了一张陈旧的、炭灰色的毯子。他用油漆画了两只大眼睛，又用雪白的硬纸板做出两颗巨大的牙齿，再用绳子把它们固定在毯子上。最后，他把两个垃圾袋剪成耳朵的形状。

"大象的鼻子在哪儿？"亨莉耶特问。

"在这儿。"班尼狗说。他拿起吸尘器，把管子卸了下来。"这就是大象的鼻子啦！"

"好的，"托比亚斯说，"那么谁在下面，谁在上面呢？"

"亨莉耶特先爬到我的背上。"班尼狗说，"等亨莉耶特上来之后，你就带着毯子和大象鼻子爬到她的背上！"

等亨莉耶特爬到班尼狗的背上之后，托比亚斯踩着梯子，同样爬到了她的背上。他用毯子盖住自己的脑袋，又用前腿紧紧夹住大象鼻子。

"现在要发出大象的声音！"班尼狗喊道。

"噜噜噜！"托比亚斯对着吸尘器管子低声咆哮。

"嘻嘻，"亨莉耶特偷笑一声，接着说，"就像真的一样！"

"万事俱备，只差观众了！"班尼狗说。他拿起两个锅盖，敲打起来。

"快来看哪，快来看哪！"他喊道，"班尼狗马戏团的大象出场唱歌啦！"

很快，街上就跑来了几只小狗。"我们很想看！"他们喊道。

班尼狗、亨莉耶特和托比亚斯躲在车棚里。他们迅速地叠了起来。托比亚斯用毯子盖住脑袋。"现在慢慢地往前走！"班尼狗压低声音说。他们一步一步地走了出来。

"喔，大象唱歌喽！"观众们欢呼道。

托比亚斯晃了晃大象鼻子，唱了一首歌。

"跳个舞吧！"观众们喊道。

伴随着托比亚斯的歌声，班尼狗蹦了几步。

可就在这时，失误发生了。亨莉耶特颤动了几下。这么一来，托比亚斯便失去了平衡。大象鼻子从他的前腿中间滑了下去。他往前扑了出去，把毯子也一同拽了下来。砰！

他们三个一同倒在了毯子下面。

"失败了！"班尼狗说。

然而，周围却响起了热烈的掌声。街上所有的小狗都哄堂大笑起来。

"这没什么好笑的！"亨莉耶特生气地喊道。可是没人注意到她说的话。

"我们还从没见过这么好玩的小丑呢！"观众们齐声喊道。

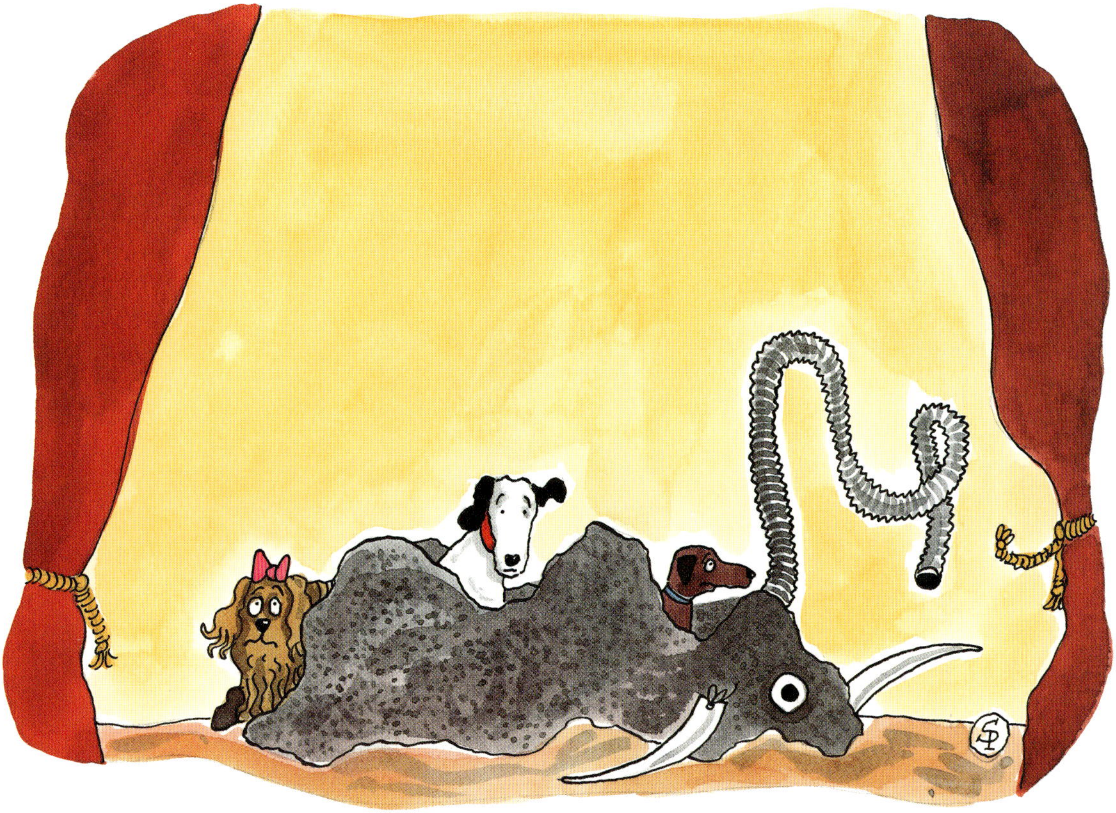

流感！

班尼狗躺在自己的床上。他的眼皮直打架，还不停地打喷嚏。

他一连打了五个喷嚏。

"简直像是停不下来了，"妈妈说，"我给你量一量啊……啊……啊……啊嚏！我是想说，量体温。恐怕我已经被你传染了！"

妈妈刚把体温计塞进班尼狗的嘴巴里，他便张嘴问道："轰莉耶特轰托不哟斯也病了莫？"

"我听不懂你在说什么。"妈妈一边笑，一边把体温计从班尼狗的嘴里取了出来。

"亨莉耶特和托比亚斯也病了吗？"班尼狗问道。

"我这就给他们打电话，"妈妈说，"无论如何，你都要待在床上，因为你发烧了。"

班尼狗又翻了一个身，然后睡着了。不一会儿，妈妈端来了一碗汤。她轻轻把班尼狗摇醒。

"托比亚斯和亨莉耶特没有生病，他们一会儿就来探望你这个小病人。"

班尼狗打了一个盹。等他醒来的时候，他的朋友们正好走进屋来。

"给，"亨莉耶特说，"我们给你带了一些好吃的东西。等你身体好了之后你就可以吃了。"

"半啊……啊……啊……啊嚏，半个班都病了，"托比亚斯说，"我也有些发抖呢。"

"恐怕我们全都快生病了。"妈妈说。

就连亨莉耶特也觉得嗓子疼。她今天的话格外少。

"你现在的模样就像一个安静的小姑娘，"托比亚斯说，"太难得了。"

亨莉耶特朝着托比亚斯吐了吐舌头。

"你们要相亲相爱哦。"妈妈说。

"我们不能一起躺在我的被窝里吗？这里可舒服了，"班尼狗说，"反正我们都快生病了。"

"被窝不够大，"妈妈说，"不过我倒是有个办法。"她拿来几张旧毛毯，把它们铺在大沙发上。班尼狗、托比亚斯和亨莉耶特彼此紧挨着，躺了下来。随后，妈妈也坐到沙发上。她用毛毯把所有人都盖了起来。

"我们可以看电影吗？"托比亚斯问。

"对，看勇敢的牧羊犬拉希！"班尼狗说。

妈妈打开电视。可是电影才放了十分钟，他们就全都睡着了。等他们醒来的时候，电视上已经播放下一个节目了。

"你看见电影的结尾了吗?"托比亚斯问亨莉耶特。

"没有,我睡着了。"她说。

"我也是。"班尼狗说。

"我也是!"妈妈说。

"以后我们都要一起生病!"班尼狗笑了,"这比一个人生病有意思多了!"

小盐脚

"昨天夜里结冰了,"班尼狗的妈妈说,"你看,窗户上结满了冰晶!"

"它们就像星星一样,"班尼狗说,"就像是星星从天空中落下来了。"

"我们今天走路去学校,"妈妈说,"外面一定很滑!"

"我们真的只能走路去吗?"班尼狗问。

"太阳出来了,"妈妈说,"在阳光下散步最让人觉得舒畅了!快把你的骨头粥喝掉,否则我们会迟到的。"

他们走出门,班尼狗的鼻子里便呼出一股一股的雾气。

"咦,你为什么哭?"他问妈妈。

"每当天气变冷的时候,我的眼睛就会流出眼泪,"妈妈说,"昨晚一定降了至少十度。"

"快看那个屋顶。"班尼狗说。排水槽里挂满了长长的冰柱。"看上去就像玻璃一样。草地上的水珠也都结冰了。一眼看去,就像是穿上了银装。"

"快走到人行道上来,班尼狗,"妈妈说,"这里被撒过了,这样你就不会滑倒了!"

"撒什么?"班尼狗问,"我的脚被什么东西扎到了。"

"盐或者盐水,"妈妈说,"走得快一点,那样你就不会觉得自己被扎到了。"

他们来到学校门口。可是班尼狗连一个同班同学也没有看见。

"上课铃声已经响了,"妈妈说,"我们赶快到你的教室里去吧。"

走到教室门口时,他们惊呆了,甚至停下了脚步。聪敏老师站在她的桌子跟前,一只小狗正四脚朝天地躺在她的桌子上。聪敏老师用毛巾把他的四只脚擦得干干净净的。

"请问您在干什么?"班尼狗问。

"又到了小盐脚的天气了,"聪敏老师说,"对于交通状况来说,撒上一些盐的确有好处,因为,撒了盐,就没有人会滑倒,也就不会有交通意外了。可是盐却会把脚扎得生疼。"

呼的一下,下一只小狗蹦上了老师的桌子。

亨莉耶特用不着擦脚,因为她一点也没有被扎到。

"我穿着我的新皮靴呢,"她说,"你是不是也变成小盐脚了,班尼狗?"

"我走得很快,所以没有什么感觉,"班尼狗说,"我觉得还好。"

"你也过来吧,"老师说,"我来给你擦擦脚。擦完会舒服很多。"

聪敏老师把所有的小盐脚都擦了个遍,然后把暖气开得热热的。

"现在开始上课。"她说。

滑冰

"池塘结冰了,"班尼狗说,"我们可以去滑冰啦!"

"我可不太敢,"托比亚斯说,"我还从来没滑过冰呢。"

"我们先去接上亨莉耶特,"班尼狗说,"她一定会滑,她以前跟我说过的。"

"你们戴着帽子的样子真傻,"过了一会儿,亨莉耶特说,"你们看上去一点儿也不像小狗,倒是很像老鼠呢!你们要去滑冰?"

"是的,"班尼狗说,"戴着帽子就不冷了。要不然,我们的耳朵会被冻坏的。"

"我们用不着滑得很快,"亨莉耶特说,"我们应该滑得漂漂亮亮的,跳一曲华尔兹,转一个皮鲁埃特旋转,或者跳一个后外跳。那样才好玩呢!"

"为什么必须要这样呢?"班尼狗说,"我们就应该怎么开心怎么玩啊!"

"我去把花样滑冰用的溜冰鞋拿来,"亨莉耶特说,"我马上回来。"

"花样滑冰,"班尼狗说,"这还真是小女孩用的东西。反正我只有木头冰刀。"

"我还什么都没有呢,"托比亚斯说,"不过我可以先站在一旁看看你们是怎么做的。"

"好了,"亨莉耶特说,"我准备好了。"她穿上了一件羊毛外套。

"你居然觉得我们的模样很奇怪?"班尼狗说。

"花样滑冰就应该这么穿,"她说,"必须打扮得尤其漂亮才行。"

他们来到池塘边，亨莉耶特穿上她的溜冰鞋，踏上了冰面。

"让我们见识见识吧！"班尼狗说，"我很好奇什么是后外跳呢。"

亨莉耶特先是加快速度，然后转过身。紧接着，她向后滑去。突然，她蹦了起来，在空中旋转一圈。最后，"噗"的一声，她稳稳地落回冰面上。

"太棒了！"岸边的班尼狗和托比亚斯一同喊了起来。

"轮到我了！"班尼狗喊道，"你们看看我滑得有多快！"他"嗖"地一下就滑了出去。

"你滑得很快，可是亨莉耶特滑得很美！"托比亚斯喊道。

"你也到冰面上来吧，托比亚斯！"亨莉耶特喊道，"即使你不愿意滑冰，你也可以小心翼翼地在冰面上溜一会儿。"

"我觉得冰面很可怕，"托比亚斯说，"不过，要是不穿溜冰鞋的话，我还是敢站上去的。"

他小心翼翼地站在冰面上，往前滑动。他的脚四处乱扑。"我站不稳了！"他惊慌失措地大喊大叫起来。

"伸开你的四肢！"班尼狗说，"那样，你就可以用肚子贴着冰面往前滑了！"

托比亚斯照班尼狗说的做了。他灵活地在冰面上滑动。

"这下儿，我变成一个真正的拖肚皮啦！"托比亚斯笑了起来。

模仿

班尼狗听见远处传来一些说话声。原来是托比亚斯和亨莉耶特。班尼狗听不明白他们究竟在说什么,可是等他走近之后,他就听得一清二楚了。

"你今天下午来我家玩吗?"托比亚斯问。

"你今天下午来我家玩吗?"亨莉耶特问。

"你如果这个样子的话,我就不知道你到底来不来了。快点回答我!"托比亚斯说。

"你如果这个样子的话,我就不知道你到底来不来了。快点回答我!"亨莉耶特嘀嘀咕咕地说。

"嗨!"班尼狗说。

"嗨!"托比亚斯说。

"嗨!嗨!"亨莉耶特说。

"你们真奇怪。"班尼狗说。

"你们真奇怪。"亨莉耶特说。

"别理她,"托比亚斯说,"她在模仿你说的话。"

"别理她,"亨莉耶特说,"她在模仿你说的话。"

"真是一个无聊的游戏,"班尼狗说,"我们就不能玩点有意思的东西吗?"

"真是一个无聊的游戏,"亨莉耶特说,"我们就不能玩点有意思的东西吗?"

托比亚斯耸了耸肩。"她已经模仿老半天了。我早就跟她说了,这游戏很乏味。"

"她已经模仿老半天了。我早就跟她说了,这游戏很乏味。"亨莉耶特说。她吐了吐舌头,

随后忍不住咯咯咯地笑了起来。

"我有一个主意。"班尼狗说。

"我有一个主意。"亨莉耶特说。

班尼狗趴在托比亚斯的耳朵旁边小声地嘀咕了几句话。

亨莉耶特也依样画葫芦，对着空气小声地嘀咕了几句话，假装旁边站着人。

"我是亨莉耶特。"托比亚斯说。

"我是亨莉耶特。"亨莉耶特说。

"我是个很招人讨厌的女孩。"托比亚斯说。

亨莉耶特迟疑了一下。"我是一个很招人讨厌的女孩。"她学着托比亚斯的样子说。

"我叫亨莉耶特，我是全班最丑的小狗。"班尼狗说。

"我叫亨莉耶特，我是全班最丑的小狗。"亨莉耶特说。

"我全身臭哄哄的，浑身上下是跳蚤，而且我还超级无敌笨！"托比亚斯说。

"我全身臭哄哄的，浑身上下是跳蚤，而且我还超级无敌笨！"亨莉耶特说。

"这一点用也没有，"班尼狗说，"我们得重新想一个办法。"

"这一点用也没有，"小亨莉耶特说，"我们得重新想一个办法。"

班尼狗又在托比亚斯的耳边嘀咕了几句。亨莉耶特也依旧照着他的样子做。

接着，托比亚斯和班尼狗闭上了嘴。他们一句话也不说，丝毫都不动。他们只是安安静静地坐着不说话。

亨莉耶特依旧学他们的样。可是这在她看来，显然一点儿也不好玩。"你们不说话了吗？"过了几分钟，她问道。

他们还是安安静静的。

"说句话吧，"亨莉耶特哀求道，"我再也不模仿你们说话了！"

可是托比亚斯和班尼狗还是没有回答。

"我再也不要跟你们一起玩了！"亨莉耶特一边说，一边生气地跑走了。

"我再也不要跟你们一起玩了！"班尼狗和托比亚斯在她身后大声地笑道。

情人节卡片

一整个早晨,亨莉耶特都在走廊里来回踱步。她时不时地坐在门口的脚垫上,看着信箱。

"你一直待在这里做什么?"她的妈妈问道,"你在等信件吗?"

亨莉耶特摇摇头。"不是。可是谁也说不准啊。万一有信寄来,我可以立刻收到啊。"

"可是你的生日还早着哪!"妈妈说,"况且现在也不是收圣诞贺卡的时候。"

亨莉耶特两眼看着地面,没有回答。

"我不再问你了,"她的妈妈说,"你要是愿意的话,就待在信箱旁边等着吧。"

亨莉耶特躺在门口的脚垫上,不一会儿,她就打起了瞌睡。突然,她惊醒过来,原来是有东西落到了她的脑袋上。紧接着,又一样东西从上面掉了下来,随后又是一样。它们全都是信封。信封一个接一个地从信箱里掉落下来。亨莉耶特躲到一旁。这时,门铃响了。

她的妈妈打开门,发现门外站着邮递员。"下午好,太太,我这里有一个信封,但是它太大了,塞不进信箱。给您!"

妈妈接过这个巨大的粉红色信封,仔细看了看。"上面写着你的名字!"她把信封递给亨莉耶特。

信封里装着一张很大的心形卡片,可是亨莉耶特看不懂上面写的字。

妈妈帮她读了出来:

"你的大眼睛和你光彩四射的皮毛,
你粉红色的蝴蝶结以及你的微笑。
无论何时何地你都如此可爱美丽,
最爱的你令我随时随地神魂颠倒!"

"这首诗棒极了!"亨莉耶特的妈妈说,"嗨呀呀,这下我明白了。今天是情人节。所以你才守着信箱!"

"这张卡片是谁寄来的?"亨莉耶特问道。

"上面没有写名字,"妈妈说,"人们经常这么做。这样会更让人局促不安。他是一个神秘的仰慕者。你知不知道谁喜欢你呢?"

"我猜不到这张卡片是谁寄来的。"亨莉耶特说。这时,门铃又响了。

"又是情人节的惊喜?"亨莉耶特问。

妈妈把门打开,发现外面站着的是班尼狗和托比亚斯。

"你要出来玩吗?"班尼狗问。

"猜猜我收到了什么!"亨莉耶特说,"一张情人节卡片!只是,我不知道是谁寄给我的!"

"一定是班上的同学!"班尼狗说,"是谁那么喜欢你呢?你知道吗,托比亚斯?"

托比亚斯低头看看地板,然后又抬头望望

天,跟着,又挠了挠耳朵。

"不知道。"他含混不清地回答说。

可是亨莉耶特却明白了。她亲了他一下,也亲了班尼狗一下。

"你们是我最最好的朋友,永远都是!"

雪人

"所有的声音都很轻,"班尼狗醒来时,妈妈对他说,"整个世界都安安静静的!昨天夜里发生了一件不同寻常的事。快看看外面吧!"

班尼狗从床上蹦了下来。他把卧室的窗帘推到一边。"喔喔喔!"他喊道,"全都白茫茫的!昨天下雪了!"他抬起头,看见雪花还在源源不断地往下飘落。它们缓缓地落到地上。花园铺上了厚厚的一层雪,就连大树的树枝也不例外。

"我可以出去吗?"班尼狗问。

"先吃早饭,"妈妈说,"然后你就可以出去玩了。"

正当他们吃早饭的时候,电话铃响了。妈妈接起了电话。

"我问问他,"她说,"不过他得先把骨头粥喝光。"

"是谁的电话?"班尼狗问。

"亨莉耶特想去堆雪人,"妈妈说,"她十分钟后到家里来接你,还有托比亚斯。"

不一会儿,班尼狗便和托比亚斯、亨莉耶特一起来到了一大片空地上。他们立刻动手堆起了雪人。

"先堆身体。"班尼狗说。

他抓起一把雪,把它捏成了一个小球的样子。然后,他推着球在地上滚,越滚越远。雪粘在球上,球越滚越大。

"让我试试。"托比亚斯说。他试着把球推出去,可是怎么也推不动。"它太重了!"他喊道。

"你还是做它的四肢吧,"班尼狗说,"我们来做一条雪人狗!"

托比亚斯搓了四个小雪球。他们三个一同把大雪球抬起来,放到四条腿上。

"你来堆脑袋吧!"班尼狗对亨莉耶特说,"用不着太大。"

亨莉耶特堆了一个小雪球,然后,班尼狗把它装到了身体上。随后,他们又用鹅卵石做成了小狗的一张嘴、两只眼睛和一个鼻子。

"好了,"托比亚斯说,"这根树枝就是它的尾巴啦!"

"我觉得这条雪人狗漂亮极了!"亨莉耶特

说,"不过,他还少一顶帽子。"

"我家阁楼上的衣帽箱里有一顶帽子,"班尼狗说,"而且我们还得找一块真正的骨头,放到他的嘴里。到时候,他看上去就和真的一样了!"

"好主意!"托比亚斯说,"他一定会变得非常漂亮。我们明天放学后可以带全班同学一起来看它。"

"幸亏今天暖和多了,"第二天早晨,聪敏老师说,"太阳照在身上,真舒服。"

"老师,"班尼狗说,"我们想让全班同学看看我们的雪人狗。"

"我们先学习算术,把课上完,"聪敏老师说,"然后全班一起去看。"

时间过得好慢呀!终于到了放学的时间。所有的小狗排着队,朝空地走去。

"雪不再是白色的了,"托比亚斯说,"看上去就像骨头粥似的!"

"那是因为雪融化了。"老师说。

"可是……"他们来到空地上时,班尼狗结巴了起来,"我们的雪人狗到哪里去了?"

草地上的"雪粥"里只剩下一顶帽子和一根骨头。

"怎么会这样?"亨莉耶特说,"今天早上它还好好的呢!"

"它融化了,是因为照射了温暖的阳光的缘故,"老师说,"太可惜了!"

"一点也不可惜!"托比亚斯喊道,"你看这儿!"他伸出前腿,指了指草地上的印记。"这些明显是脚印。我们的雪人狗不是融化了,而是跑掉了!"

"这根本不可能!"亨莉耶特说。

"可能的,"托比亚斯说,"就像可怕的雪人一样。我们的小狗去过自己的生活了。每到深夜,他就会把淘气的小狗吃掉。"

"我们永远也不会知道这是不是真的,"老师说,"因为我们的班里只有听话的小狗,是不是,孩子们?"

雪梦

"很晚了,"妈妈说,"你真的应该睡觉了。"

"再听一个故事嘛!"班尼狗说。他歪着脑袋,十分乖巧地看着妈妈。

"你说的是再亲一下吧?"妈妈说着,抚摸了一下班尼狗的脑袋,关上了灯。"晚安。"

班尼狗一点儿也不困。等他的眼睛适应周围黑暗的环境后,他就可以清楚地看见房间里的每一样东西了。有装玩具的柜子,还有天花板上的吊灯。

当汽车从街上开过时,他房间里所有的东西都轮番被照亮了。之后,他清楚地看见了窗帘上的骨头花纹。他一个一个地数了起来。

他想到了自己和亨莉耶特、托比亚斯一起堆的雪人狗。要是它在融化之前真的开始了自己的新生活,现在会是什么样呢?咳,这当然是不可能的。这样的事只有在童话故事里才会发生。

可是奇怪的声音是从哪里传来的呢?它听起来就像哀号。原来是围着房子刮的风。突然,一扇窗被推开了,雪被吹进了房间。

真奇怪,班尼狗心里想,雪不是都已经融化了吗?

卧室地板上的雪堆成了一座小山。班尼狗凑上前去嗅了嗅。它看上去就像一个越积越大的雪球。班尼狗觉得眼前的一切很恐怖。他躲在柜子后面,静悄悄地看着慢慢变大的雪球。雪球长出了腿和脑袋……它变成了雪人狗!

"我闻到附近有一只淘气的小狗!"雪人狗低声咆哮道,"我要把他吃个精光!"

班尼狗一个箭步冲出了卧室的门,跑到走廊上,朝着客厅逃去。

"妈妈!"他喊道。可是客厅里黑漆漆的。突然,客厅里的一扇窗户被风吹开了。外面的雪花又被吹了进来,落到地板上,越堆越高,变成了一个雪球……之后又变成一条雪人狗……直到它变成了一条顶天立地的雪人狗!

"我闻到香喷喷的小狗味道了!"班尼狗听见它说。他的心一下子跳到了嗓子眼里。

妈妈到底去哪儿了?班尼狗跑到她的卧室里。可是那里也同样黑漆漆的。

砰!又一扇窗被风吹开了,雪花飘进屋里。班尼狗还没来得及反应过来,他的面前就又出现了一只巨大的雪人狗。

"嗯,真是一条香喷喷的小狗啊!"雪人狗

哼哼道,可是班尼狗早已经溜走了。

"妈妈,妈妈,你在哪儿?"他大声地呼唤,"救命啊!"他感到一只冰冷的爪子搭在他的额头上……

"班尼狗,班尼狗,孩子啊,我在这儿,"是妈妈的声音,"放心吧,你在做梦呢。"

他终于看见妈妈了。她把灯点亮,弯着腰,坐在他的床前。"你做噩梦了。"

"有怪兽!"班尼狗说,"有一条雪人狗恶狠狠地想要把我吃掉!"

"这不是真的,"妈妈说,"只不过是做梦而已。给,喝口水吧。"

"你会陪着我吗?"班尼狗问。

"会的。"妈妈说。她抚摸着班尼狗的脑袋,直到他再次平静地入睡。

手影戏

"班尼狗,你想到外面来玩吗?"亨莉耶特隔着信箱喊道。"他去哪儿了?"她问托比亚斯。

"说不定他去看奶奶了,"托比亚斯说,"或者去买东西了。"

亨莉耶特伸出前腿推了推信箱。她刚打算张嘴呼唤,门开了。

"你们好!"班尼狗的妈妈说,"欢迎你们来做客,请进吧。"

"我们想和班尼狗一起到外面去玩,"托比亚斯说,"他可以跟我们一起去吗?"

"今天不行,"妈妈说,"班尼狗得了流感,必须待在家里。"

"好吧,那我们走了,"亨莉耶特说,"等他身体好了,我们再来。"

"等一等,"托比亚斯说,"我们可以去看看他啊,班尼狗见到我们一定会很高兴的!"

"无聊!"亨莉耶特说,"不过算了吧,我们只去一会儿哦。"

他们走进屋,看见班尼狗正坐在自己的被窝里。他的眼睛水汪汪的,浑身簌簌发抖。

"你怎么样?"托比亚斯问,"好点了吗?"

"我还得在家待些时候,"班尼狗说,"等我不再发抖了,我才可以到外面去。"

"你为什么躲在角落里?"托比亚斯问亨莉耶特。

"我觉得还是保持点距离比较好,"亨莉耶特说,"我可不想生病。"

"你看上去真漂亮,"班尼狗说,"你是不是为了来看我才专门戴上了新的蝴蝶结?"

"是啊,"亨莉耶特撒了一个小谎,"我想的是,既然我们要去看望班尼狗,我就应该戴上有他最喜欢的颜色的蝴蝶结。"

托比亚斯带着几分惊讶地看着亨莉耶特。真是个谎话精,他心里想。

"你们也可以在屋里玩啊,"妈妈说,"我有一个很好的主意呢!"

她走出屋子,不一会儿,带着一条洁白的床单、一个装满衣夹的篮子和一根绳子回来了。

"你该不会是要我们晾衣服吧?"亨莉耶特问。

"不是,"妈妈说,"你们等着瞧吧!"

她把床单挂在绳子上,然后铺平,又在床单的后面摆了一盏大灯。接着,她拉上窗帘。

"我们来玩手影戏。"她说。她站在白布后面。"我先来做一只兔子!"她瘪着嘴,竖起耳

朵。这么一来,她长得一点也不像狗了!

"现在做一个大象!"妈妈说。

她把前腿伸到嘴巴跟前,晃动起来。

"轮到我们了!"班尼狗喊道。

"我们演一部电影吧,"亨莉耶特说,"演一个王子和一个公主坠入爱河,幸福地生活在一起的故事!"

"这一点意思都没有,"托比亚斯说,"故事越刺激越好,应该要有怪兽!"

"我有主意了,"亨莉耶特说,"过来,我小声地告诉你!"

"嗯,对,"托比亚斯说,"让班尼狗来猜我们演的是什么!"

"我们开始啦!"亨莉耶特喊道。

白布的右边出现了托比亚斯的身影。他一边抬起前腿往前蹦,一边唱着歌,"我去给祖母送点心,祖母住在森林里啊森林里!"

接着,班尼狗看见白布左边出现了一个大怪兽。他发出隆隆的咆哮声。"小心啊!"班尼狗喊道,"小心树的后面!"

可是已经晚了。那个毛茸茸的怪物猛地向前一跃,正好落在托比亚斯的身上。"救命啊,我要被吃掉啦!"托比亚斯尖叫起来。

"我知道了!"班尼狗喊道,"是小红帽的故事,亨莉耶特演的是愤怒的大灰狼!"

"猜对啦!"托比亚斯大声喊道,"现在轮到你了!"

班尼狗爬到床单后面。

"已经开始了吗?"亨莉耶特问,"可是你根本没有动啊!"

"已经开始了。你们猜猜我是谁!"班尼狗喊道。

"你是一座山!"托比亚斯喊。

"错!"班尼狗大声说,"我是一只住在地底下的鼹鼠,你们看见的就是我的鼹鼠丘!"

"真傻!"亨莉耶特喊道,"你应该动起来啊!"

"我动了啊,"班尼狗说,"只不过你们看不见而已,这是一个猜不透的谜底!"

恶心

"我不喜欢吃这个!"班尼狗的面前摆着一盘热气腾腾的食物,可是他却冲着妈妈大喊大叫起来。

"这是肝脏,"妈妈说,"你连尝都没有尝过,怎么知道你不喜欢吃呢?"

"呃!"班尼狗说,"它臭哄哄的,况且我根本就不饿。"

"你必须吃一点。不管怎么说,先吃两口。"

"我觉得它很恶心。为什么要我吃呢?"班尼狗问道,"吃东西不是应该让人觉得开心的吗?"

"这话的确没有错,可是吃东西也是为了让你快快长高,"妈妈说,"难道你想永远都做一条小小狗?"

"我想要吃着好吃的东西长高。要是吃了恶心的东西,我反而会缩小的!"

"你怎么会这么想?"妈妈问,"更何况你根本不知道它恶不恶心啊。先吃一口吧!"

班尼狗怒气冲冲地盯着自己的盘子,紧紧闭住嘴巴。

"就当是为了我,"妈妈说,"这可是我费了很大力气才做出来的。"

班尼狗摇摇头。"我肚子疼,而且我想吐。我真的吃不下去。"

"那你也不能玩了,"妈妈说,"小狗生病的时候要在床上躺着!"

"我可以玩,"班尼狗说,"我只是吃东西的时候肚子疼,玩的时候是不会疼的!"

"这不可能,"妈妈说,"你的肚子到底疼不疼?"

班尼狗不知道该如何回答。他究竟要怎么做才可以不用吃那盘恶心的东西呢?

"这样吧,"他说,"我一定会把它吃掉的,但不是现在。我保证我明天一定会把它吃掉。"

可是妈妈没有同意。"到时候,它就变冷了,那样就不好吃了。不行,你现在赶快吃几口,然后就可以去玩了。"

"好吧,"班尼狗说,"不过你得转过身去。你看着我,我吃不下去。"

"好的,"妈妈说,"只要你肯吃,我怎么做

都可以。"

妈妈背对班尼狗站着。这样,她就看不见班尼狗如何把盘子里的食物推到一边,丢进垃圾桶里了。

"嗯,"他舔着嘴唇说,"真好吃啊!"

妈妈转过身来。"现在知道了吧,"她满意地说,"只要尝一尝,你就会喜欢的。再吃一口吧!"

"转过去!"班尼狗说。

"可是你不是觉得它很好吃吗?那我就不用转过去了呀!"

"要,"班尼狗说,"要不然我吃不下去。"

妈妈又转了过去。班尼狗把盘子里剩下的食物也一同丢进了垃圾桶。

他发出很响的喷喷声。"嗯,真好吃。我把一整盘食物全都吃干净了。"

妈妈转过身来。"垃圾桶似乎在冒热气,"她吓了一跳,赶忙弯腰去看,"我想它应该没有着火……似乎里面还有一些别的东西。"妈妈把自己的盘子推到班尼狗跟前。"既然你觉得肝脏这么香,你就把我的这份也吃掉吧。这一回我得看着你吃!"

为什么她总是什么事都知道?班尼狗心里想。他叹了一口气,闭上眼睛,吃了一口。

一起看牙医

"我们一会儿去看牙医。"吃早饭时,妈妈对班尼狗说。

班尼狗埋头啃着自己的狗粮,一声不吭。

"没关系,你用不着紧张!"

"紧张?"班尼狗问,"我一点也不紧张啊。我觉得很有意思!"

"这么说来,你是我见过的唯一一条觉得看牙医有意思的小狗,"妈妈说,"你先到外面去玩一会儿吧,到时间了我会叫你的。"

班尼狗和托比亚斯一起在门口的台阶上画粉笔画。他们分别画了一个凶悍的庞然大物。笔下的龙和怪兽全都张着大嘴巴,露出锋利的牙齿。他们不得不飞快地跑起来,用力跳过去。要是跳得不够远的话,就会落到怪兽的嘴巴里,那样的话,他们就会被怪兽吃掉,从世界上消失。

托比亚斯画了一个张着血盆大口的巨型怪兽。想要从它上方跳过去还真不是一件容易的事。不过班尼狗和托比亚斯还是靠着长长的助跑跃了过去。

"我一会儿要去看牙医。"班尼狗说。

"你想要我跟你一起去吗?"托比亚斯问,"反正也没人陪我玩。"

"好啊,太好了,"班尼狗说,"也许我们可以一起坐在妈妈的自行车上。"

等妈妈呼唤班尼狗的时候,托比亚斯便跟他一起进了屋。

"托比亚斯跟我一起去!"他说。

"他牙疼吗?"妈妈问。

"不是的,"托比亚斯说,"我只是去陪陪班尼狗而已!"

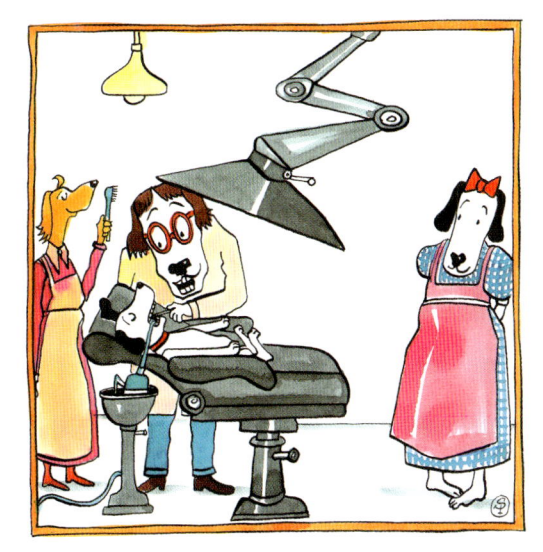

托比亚斯和班尼狗刚好可以一同挤进自行车的前筐。"我得格外用力地骑哦，"妈妈说，"我的车筐里有两条大狗呢！"

　　他们来到牙医的候诊室里。那里坐着很多狗。其中一条的头上绑着很粗的绷带。"他的牙齿一定疼得很厉害。"妈妈小声地说。

　　他们等了一会儿，牙医的助手喊道："下一位病人：班尼狗和他的妈妈！"

　　"还有托比亚斯，"班尼狗说，"我的朋友可以一起进去吗？"

　　"当然了！"牙医说，"我会顺便帮他也检查一下牙齿的！"

　　"不必啦！"托比亚斯的脸上露出一丝畏惧，"我刚看过牙医！"

　　"谁先来？"牙医问。

　　他们还没来得及回答，班尼狗就坐到椅子上了。

　　"真是一条小乖狗，"牙医说，"现在张大嘴巴，大声地说'啊'！"

　　班尼狗使劲张开嘴。牙医举着一盏小灯，仔细地照在班尼狗的牙齿上。

　　"看上去很健康！"他说，"让你的妈妈坐到椅子上来吧！"

　　妈妈的脸色一下子变得苍白起来。她拖拖拉拉地坐下。

　　"我觉得你妈妈很紧张。"托比亚斯说。

　　"我们抓住你的腿好不好？"班尼狗问道。

　　妈妈点点头，于是托比亚斯和班尼狗分别抓住了她的一条腿。

　　"你妈妈的牙齿看上去也很健康。"牙医仔细地检查完妈妈的牙齿后，说道。

　　"你是不是有一点紧张？"回家的路上，班尼狗问妈妈。

　　妈妈点点头。"不过，有这两个男子汉陪着我，我就不紧张了！"她笑道。

冰

"快来，我们去看看马路尽头的小水沟，"班尼狗说，"那里结出了世界上最漂亮的冰！"

"我去把我的溜冰鞋拿来，"亨莉耶特说，"它们可漂亮了，还是粉红色的呢！"

可是，当他们来到小水沟跟前时，他们发现，冰上一个人也没有。冰的模样看上去和以前不一样了，上面还有几滩水渍。

"这里好安静啊，"托比亚斯说，"整条小水沟全都是我们的啦！"

他刚要踏到冰上去，就被亨莉耶特拦住了。"不要去！"她喊道，"那里很危险。它在融化！冰变薄了，因为天气暖和起来了。"

"应该还是可以的吧？"托比亚斯说，"前天还有很多小狗在这里滑冰呢。"

"亨莉耶特说得对，"班尼狗说，"现在踩到冰上会有危险的。"

"我们可以小心一点试试啊！"托比亚斯说，"我有办法了。我们往冰上丢一块石头。要是石头没有把冰砸碎，我就可以上去了！"

托比亚斯在小河沟旁边的大树下找啊找，终于找到了一块沉甸甸的鹅卵石。

"它太小了，"亨莉耶特说，"我们比它可重多了！"

托比亚斯把鹅卵石丢了出去。石头重重地落在冰面上，然后滑行了很长一段距离。

"瞧见了吧？"托比亚斯说，"冰面够结实！"

亨莉耶特和班尼狗还没来得及拦住托比亚斯，他已经把腿迈了出去，用肚子贴着冰面，朝着小水沟的中央滑去了。

"快上来，快上来！"亨莉耶特喊道，"否则你会摔下去淹死的！"

可是托比亚斯没有听她的话，而是用肚子贴着结了冰的水面，来回滑动。他时不时地蹬一下后腿，继续向前滑。

"我很害怕，"亨莉耶特小声地告诉班尼狗，"会出事的！"

"我们靠边一点，"班尼狗说，"这样可以轻一些！"

"哟哦哦！"托比亚斯一边喊叫，一边从他们面前滑了过去。"太好玩啦！你们也过来吧。"他更加用力地蹬腿，就在这时，发生了意想不到的事情。冰面上传来一声碎裂的巨响，他的后腿滑到了冰面以下。

"瞧见了吧，瞧见了吧！"亨莉耶特尖叫起来，"我早就说过了！你会淹死的！"

托比亚斯的两条后腿落到了冰冷的水里，他惊慌失措地看着岸边。他的两条前腿用尽全力地刨动，终于让整个身子重新回到了冰面上。他迅速地滑回岸边，蹦到了草地上。他浑身直打哆嗦，既是因为寒冷，也是因为害怕。

"你以后还敢这么做吗?"亨莉耶特说。托比亚斯摇摇脑袋。

"我们赶快回家去,到温暖的壁炉前面取暖,"班尼狗说,"这样你就不会发抖了。"

狂欢节

"你又贴又剪的在做什么?"托比亚斯问。

"我在做面具,"班尼狗说,"我想要参加狂欢节的游行队伍!你要一起去吗?"

"我会来看的,"托比亚斯说,"我不喜欢化妆舞会。所有人都盯着我看,真恐怖!"

"但是你化着妆!"班尼狗说,"没有人会知道你是谁的!"

"你打算扮成什么?"托比亚斯问。

"扮成一条龙!"班尼狗说,"要有一条又长又吓人的尾巴!你愿意帮我一起涂颜色吗?"

等班尼狗把龙的脑袋做好之后,托比亚斯就帮他一起涂颜色。

"我要把所有地方都涂成红色、橙色和黄色,"托比亚斯说,"它们全是火焰的颜色,也是龙应该有的颜色。"

班尼狗用皱纹纸和硬纸板一起做了一条长长的尾巴,上面还有尖利的鳞片。

"你穿上试试吧。"托比亚斯说。

"哇哈哈哈哈哈!"蛟龙班尼狗咆哮道,"小心一点,要不然我会把你吃掉的!"

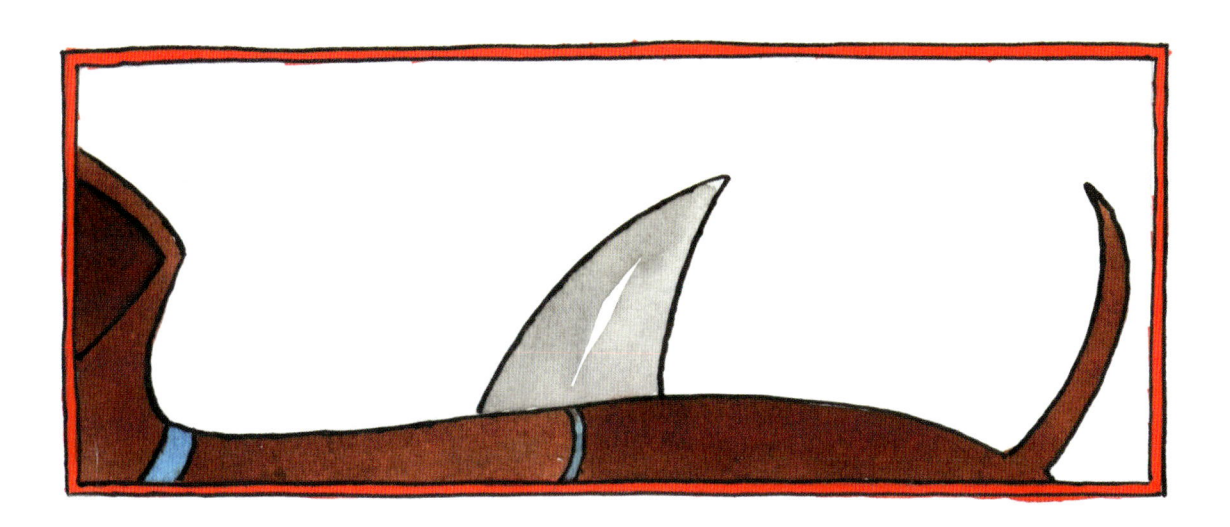

"简直跟真的一模一样!"托比亚斯说,"你的面具一定会是整个游行队伍里最漂亮的!"

"你不一起参加实在太可惜了,"班尼狗说,"如果你能一起去游行的话,我会更开心。你就不想试试吗?你想要扮成什么样的动物呢?"

"咳,我跟你一起去吧!"托比亚斯说,"我最想装扮成一条鲨鱼!"

"鲨鱼?"班尼狗说,"让我想想我们怎样才能做出漂亮的鲨鱼服。不管怎么说,我们都得在你的背上安一片鱼鳍。"说着,他剪了一片漂亮的鱼鳍,用锡箔纸把它包了起来。然后,他又剪了一个鲨鱼头。"把这个鲨鱼面具戴上试试。"班尼狗说。

"戴上这种面具我会被憋死的,"托比亚斯说,"我不要戴!"

"怎么才能让所有人都看出来你是一条鱼呢?"班尼狗问道。

"如果你哇哈哈哈哈哈地喊,那么我就发出咕噜咕噜咕噜的声音,"托比亚斯说,"那样,他们就会明白了!"

"我有一个更好的主意。"班尼狗说。他拿起一长条天蓝色的皱纹纸,在纸上画了一些波浪。然后,他把纸围在托比亚斯的身上,就像围一条裙子一样。

"太好了,"托比亚斯说,"这是大海。这么一来,所有人都能看得出我是一条鲨鱼了,我不用戴面具了。"

"可是他们会认出你来的,"班尼狗说,"你不是觉得那很恐怖吗?"

"只要有你在我的身边,我就什么都不怕!"托比亚斯说。

"来吧,"班尼狗说,"我们去给妈妈看看我们的服装!"

"你们一定会赢得狂欢节最佳服装奖的!"妈妈说,"鲨鱼托比亚斯和蛟龙班尼狗!"

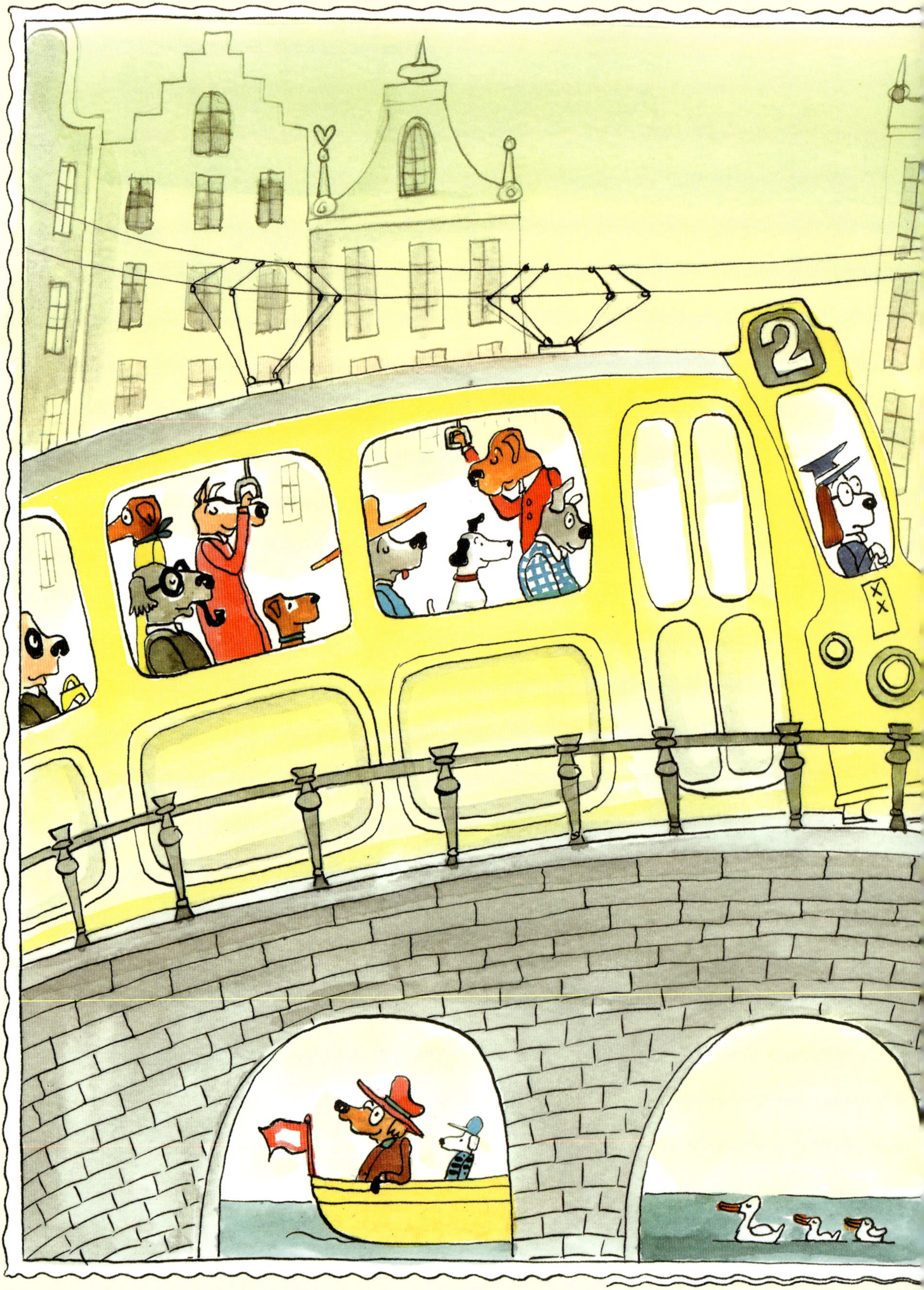
2

春天

春天的隆隆声

"雨终于停了,"妈妈说,"你怎么没去找托比亚斯呢?你们可以一起到外面玩啊!"

"我就是这么打算的!"班尼狗说,"你把我的心思看穿啦!"

街道上到处都是小水坑。班尼狗蹦到一个大水坑的正中央,然后甩掉沾在身上的水。这个感觉真是好极啦!

他按了按托比亚斯家的门铃。托比亚斯的妈妈打开门。"托比亚斯已经出去了,"她说,"他在树林里的空地上,就是你们经常玩耍的地方。"

班尼狗朝着那里跑去,他远远地看见托比亚斯躺在草地上。他在做什么呢?托比亚斯伸出两条前腿,把耳朵贴在地上。他的下半身翘得高高的,尾巴就像一根蜡烛似的竖在半空中。

班尼狗的脑子里灵光一现,他明白啦!托比亚斯在模仿收音机呢。他以前也经常这样做。他的尾巴就是收音机的天线,有了它,他就可以听见远处的声响,知道来的是谁。

"你今天听见了些什么?"班尼狗问。

"什么都有,"托比亚斯说,"有一辆汽车从树林边的马路上开过去了。"

他说的没错。不一会儿,的确有一辆汽车开了过去。班尼狗挥了挥手,汽车朝他鸣笛致意。

"我听见几辆自行车的声音,"托比亚斯说,"它们还在很远的地方,不过却离我们越来越近了。"

几分钟后,三位女士骑着骑行车从他们身旁路过。她们看见了托比亚斯和班尼狗,于是摁响了铃铛,朝他们挥了挥手。托比亚斯和班尼狗也朝她们挥挥手。

"我听见远处有一辆消防车。"托比亚斯说道。

"这根本就用不着天线尾巴。"班尼狗笑了起来,"这个声音我的耳朵也能听见。你听得

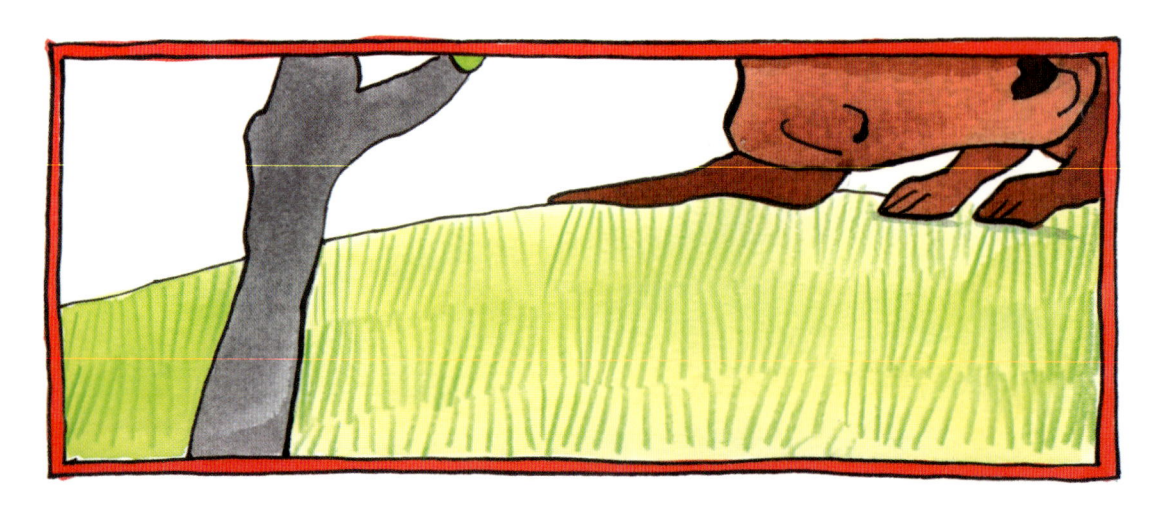

见今天晚上或者明天才会出现的声音吗？就是很远很远的东西。"

"能啊，"托比亚斯说，"只要非常非常安静，我就能听见。你跟我一起听。"

班尼狗也把耳朵贴到了地面上。

"只要非常仔细地听，就可以听见春天的隆隆声！"托比亚斯说。

"春天的隆隆声？"班尼狗问，"那是个什么东西？"

"它是春天到来时，地球发出的声音。"托比亚斯说。

班尼狗仔细地倾听起来，可是他什么声音也没听见。他们两个悄无声息地把头贴在地上。

"有了！"托比亚斯说，"我听见了。隆，隆隆，隆！声音很轻，可是离我们越来越近。"

这下儿，班尼狗也听见了。

回家的路上，他们遇见了守林人。"你们好啊，孩子们，又在外面玩？"他说，"春天来了，这实在太棒了，是不是？"

托比亚斯和班尼狗一同点点头。"瞧见了吧，"托比亚斯说，"守林人也听见了春天的隆隆声。春天真的来了。"

就不摇尾巴

"这回我真的做到了。"早晨,托比亚斯来到学校门口,说道。

亨莉耶特和班尼狗正站在学校门口聊天。"你做到什么了?"他们问。

"我可以让我的尾巴静止不动,"托比亚斯说,"以后,我再也不会随便摇尾巴了,除非我自己愿意!"

"那就让我们试验一下吧。"班尼狗说。

"等一下,"托比亚斯说,"我得先上个洗手间!"

等他回来的时候,他径直走到亨莉耶特和班尼狗跟前。

"开始吧!"他大声地说。

"你好啊,可爱的、亲爱的、完美的小狗!"亨莉耶特用自己最甜美的语调对他说。

托比亚斯的尾巴纹丝不动。

"等着瞧,"班尼狗说,"你想吃一块香喷喷的烟熏猪耳吗,托比亚斯?"

可是托比亚斯的尾巴依旧耷拉着。

"你今天下午愿意跟我和我的妈妈一起到市中心去买一块好吃的熏香肠吗?"亨莉耶特问。

"你可以把我的那份小骨头点心吃掉。"班尼狗说,"然后还可以到我装玩具的箱子里随便挑你喜欢的玩具!"

"你知道我最喜欢谁吗,班尼狗?"亨莉耶特问道,"那就是世界上最最最最漂亮,最最最最风趣,最最最最可爱的达克斯猎犬。"

可是无论他们怎么逗他,托比亚斯的尾巴偏偏不动,一丁点也没有动。

"我实在想不明白。"班尼狗说。

"我大概明白了!"亨莉耶特说。她趴在班尼狗的耳边小声地说了几句话。

"真是一个奇怪的拖肚皮!"班尼狗突然说,"一坨长了腿的屎!"

"你瞧,"亨莉耶特说,"通常,他听到这种话会立刻大发雷霆。可是现在他什么也不说。检查一下他的耳朵吧。"

班尼狗用嘴拱开托比亚斯蒲扇般的大耳朵。那里面塞了一大团棉花!他立刻把棉花从托比亚斯的耳朵里抽了出来。

"骗子!"亨莉耶特说,"新鲜、喷香、多汁的肉排!鲜嫩的鸡腿!意大利香肠!乡村肉酱!"

托比亚斯一副灰溜溜的样子,尾巴弯曲着,不停地来回摇晃。

"你应该多花些时间好好练习!"班尼狗和亨莉耶特笑道。

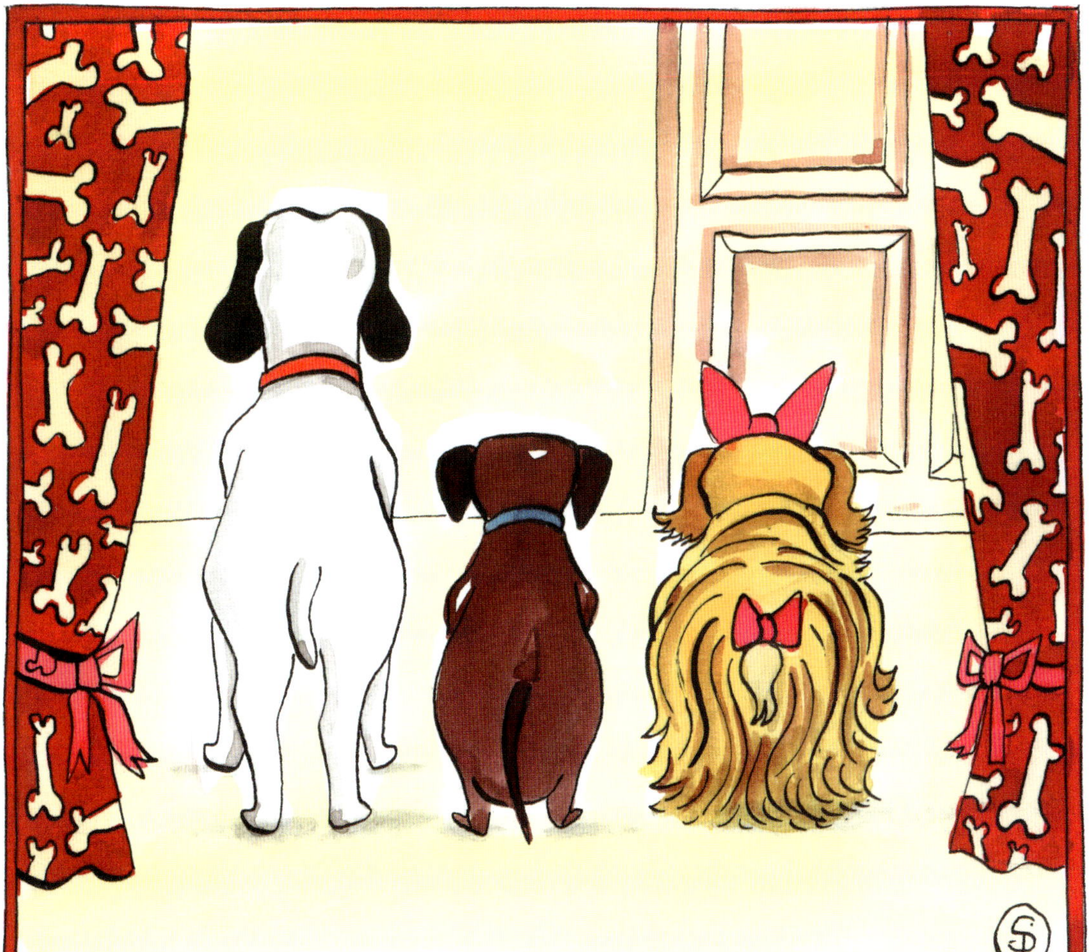

新项圈

"我想要一个新项圈，"亨莉耶特说，"我真的需要一个新项圈。"

"为什么？"托比亚斯问道，"你现在戴着的这个不是还好好的吗？"

"它已经过时了，"亨莉耶特说，"我想要一个亮闪闪的新项圈！"

"闪闪？"班尼狗问，"什么是亮闪闪？"

"就是上面的小珠子和小钻石会闪闪发亮的那一种，"亨莉耶特说，"可流行了！"

"男孩也可以戴吗？"托比亚斯问。

"能啊，"亨莉耶特说，"不过男孩戴的那种上面镶的不是宝石，而是很多金子。市中心就有一家商店，专门卖这种很流行的亮闪闪的项圈。我要去那儿买。你们可以跟我一起去，帮我挑一挑吗？"

"好啊，"托比亚斯说，"说不定我们也能找到一条适合自己的亮闪闪的项圈呢。"

下午放学后，他们一起跟着亨莉耶特的妈妈到市中心去。

"我们到了。"亨莉耶特走到一家商店跟前说道。那家商店看上去十分豪华，门口甚至还站着一条狗，专门为顾客开门。

商店里布满了玻璃柜台，柜台里铺着天鹅绒做成的小垫子，小垫子上摆放着各式各样的项圈。它们一个比一个闪耀，一个比一个漂亮。

"我简直需要戴上墨镜来看这些东西。"托比亚斯说。

"上面镶着粉红色和银白色宝石的那个最漂亮。"亨莉耶特对她的妈妈说。

"我们可以把这个戴起来试试吗？"妈妈问售货员。

售货员掏出钥匙，打开柜台。她把亨莉耶特的旧项圈摘下来，然后把这个镶着粉红色和银白色宝石的项圈戴到了她的脖子上。

"这里有一面镜子！"班尼狗说。

"真好看，"亨莉耶特叹了一口气，"我简直就像一个女王！"

"你戴上它漂亮极了，"亨莉耶特的妈妈说，"不过它一定非常贵。"

"你们觉得呢？"亨莉耶特问班尼狗和托比亚斯。

"漂亮，"托比亚斯说，"漂亮极了。"

"我倒是觉得你像极了一棵圣诞树，"班尼狗说，"再往你的蝴蝶结上挂一些小灯泡，我们明年就用不着买圣诞树了！"

"你是嫉妒我。"亨莉耶特说。

"你们就不想要一个新项圈吗？"亨莉耶特的妈妈问。

"我觉得金色的很漂亮，"托比亚斯说，"所有人都会以为我很富有。"

"我宁愿去死也不戴那个,"班尼狗说,"我觉得这是一个专门让小女孩玩的把戏。我还是戴着我的红项圈吧,它够漂亮了!"

"我可以要这个吗?"亨莉耶特一边问,一边一脸讨好地看着妈妈。

"这不是一份小礼物,这个项圈实在太贵了,"妈妈说,"你把它写在你的愿望清单上吧!"

"不要嘛,"亨莉耶特说,"我的生日还早着呢!"

"它会比你想的来得更快些,"亨莉耶特的妈妈说,"这期间,你可把它当作你的梦想。"

"我们也可以趁机适应一下未来班里会有一位公主这件事。"托比亚斯说。

"或者一整年都坐在圣诞树的旁边。"班尼狗笑着说。

春躁

"我的腿很沉。"班尼狗说。

"我的也是,"亨莉耶特抱怨道,"才走了几步路,我就累了!"

妈妈打开厨房的门,说道:"你们怎么一直在花园里没完没了地抱怨?快去做些有意思的事吧,今天的天气这么好!"

"我们是春困,"亨莉耶特说,"春天到了,就是会这个样子的!"

"胡说八道,"妈妈说,"春天到了,你应该蹦蹦跳跳、跑跑闹闹的才对!"

门铃响了。班尼狗和亨莉耶特慢慢吞吞、拖拖拉拉,根本走不到门口。

妈妈一打开门托比亚斯就连蹦带跳地跑进走廊。他简直就像会飞似的,助跑了一大段路,起飞,收起四条腿,耳朵紧紧地贴在脑袋上。

"托比亚斯来了,"妈妈喊道,"他今天在跳达克斯舞步呢!"

"我有一点春躁。"托比亚斯嚷嚷道。他绕着花园一连跑了好几圈,一边跑一边跳。

"这个样子真耗费体力,"亨莉耶特说,"幸亏我没有春躁。"

"你们应该学学托比亚斯,"妈妈说,"等一下,我有办法了!"

不一会儿,妈妈带着一摞锅盖回来了。"我们来演奏吧!"她说,"我来唱达克斯舞曲,你们挨个儿绕着花园跳达克斯舞步!跑动的过程中,我们就用锅盖控制节奏。托比亚斯先来,因为他已经热过身了!"

于是,妈妈便唱了起来:

是不是因为跑的速度不够快?
又或是你的肚子太大腿太短?

说不定你只不过是能量过剩?
或者身子僵硬还有膝盖犯疼……

跳起达克斯舞步啊达克斯步,
离开它有谁的心里能够舍得?
跳起达克斯舞步啊达克斯步,
它是狗的骄傲和世界的奇迹!
跳起达克斯舞步啊达克斯步,
一清早起来就把舞步跳啊跳,
跳起达克斯舞步啊达克斯步,
摆起你的屁股跳起达克斯步!
加快速度往前奔跑加油迈步!
用力连蹦三下再摇摇小尾巴!

耳朵贴近小脑袋把腿收起来,
抬起小下巴再把鼻子往前拱!

跳起达克斯舞步啊达克斯步,
离开它有谁的心里能够舍得?
跳起达克斯舞步啊达克斯步,
它是狗的骄傲和世界的奇迹!
跳起达克斯舞步啊达克斯步,
一清早起来就把舞步跳啊跳,
跳起达克斯舞步啊达克斯步,
摆起你的屁股跳起达克斯步!
从前的你笨手笨脚没有朋友?
现在的你是超级狗狗人人爱!

不再啼哭不再啜泣不再抱怨,
一切都要归功于达克斯舞步!

跳起达克斯舞步啊达克斯步,
离开它有谁的心里能够舍得?
跳起达克斯舞步啊达克斯步,
它是狗的骄傲和世界的奇迹!
跳起达克斯舞步啊达克斯步,
一清早起来就把舞步跳啊跳,
跳起达克斯舞步啊达克斯步,
摆起你的屁股跳起达克斯步!

在妈妈唱歌的同时,亨莉耶特和班尼狗敲打着锅盖。托比亚斯跑了起来,然后越跑越快。当妈妈唱到副歌部分时,他从地上弹起来,跃了很远。他简直就像在空中漂浮。他就这样一次又一次地重复。直到乐曲结束,他这才气喘吁吁地躺倒在地上。

"太舒服了,"他叹了一口气,"春天里,没有任何事可以比跳达克斯舞步更令人愉悦了!"

"轮到我了!"等托比亚斯缓过神来,班尼狗便急着说道。

妈妈、亨莉耶特和托比亚斯唱起歌来。班尼狗围着花园跑啊跑。唱到副歌部分时,他每听到一句就卖力地蹦一下。

托比亚斯和亨莉耶特拍着锅盖,越拍越用力。

"别这么用力!"妈妈大声叫了起来,"我连我自己的声音都听不见了!"

班尼狗蹦完后,就轮到了亨莉耶特。

"我不知道我做不做得到,"她用羞答答的嗓音说道,"我跳得肯定不如班尼狗和托比亚斯那么高。"

"你只管试,"妈妈说,"即使你跳得不高也丝毫没有关系。你只要跳出自己的达克斯舞步就好啦。"

"你们可以开始唱了,"亨莉耶特说,"我这就开始跑。"

亨莉耶特跑得不怎么快。当她听见副歌部

分响起的时候,她很想蹦起来,可是她只离开了地面一丁点高。

班尼狗和托比亚斯忍不住笑了起来。可是亨莉耶特并没有放弃。第二次唱到副歌的时候,她蹦得比第一次高了一些。

"瞧见了吧,你明明可以的!"妈妈喊道。副歌第三次响起,亨莉耶特加速、起跳,高高地蹦了起来,从空中飞过,不偏不倚地撞到了玫瑰丛里。

"哎哟!"她大声地呼唤道。

妈妈、托比亚斯和班尼狗赶忙跑到她的身旁,把她从玫瑰丛中抬了出来。

"我的身上扎满了刺!"亨莉耶特说,"扎得我都躁起来了!"

小鸟

"你是唯一真正春躁的人!"班尼狗喊道。

托比亚斯和妈妈大声地笑了起来,就连亨莉耶特自己也忍不住咯咯地笑了。"我今天得好好给你梳梳毛,"妈妈说,"必须让你看起来比以往任何时候都帅气!"

"喊,嘿,"班尼狗说,"我最讨厌梳毛毛了。我的样子本来就很帅气!"

"但是今天要拍照,"妈妈说,"摄影师今天会到学校来,他要给你们班拍一张集体照!"

"我不想拍照,"班尼狗说,"我觉得拍照一点儿也不好玩。大家全都傻乎乎地坐着不动!"

"你只要安安静静地坐一小会儿就好了,"妈妈说,"你以后就会觉得好玩了!"

她用梳子梳着班尼狗的发梢,直到他的毛发变得锃亮。

"现在该去学校了,"妈妈说,"不过今天千万别到泥地里打滚,也不要蹦到水坑里去,你能保证吗?"

"嗯,"班尼狗含混地回答着,"出发吧!"

来到学校门口时,他发现班里所有的小狗已经全到了,而且正在互相交谈。他们看上去都很奇怪,似乎跟平时完全不一样了。所有小狗的毛发都比平日里更整洁。有些女孩甚至扎了自己最大最漂亮的蝴蝶结。

"你妈妈是不是也不让你蹦到水坑里玩了?"托比亚斯问,"你今天雪白雪白的!"

班尼狗点点头。"为了拍这张愚蠢的集体照,我只能让自己保持得干干净净的!"

"我倒是觉得这很好玩,"亨莉耶特说,"整个早上,我都站在镜子跟前,因为我实在选不好应该戴哪一个蝴蝶结!"

"看起来,你还真是不会选啊,"班尼狗说,"你的模样就像一棵圣诞树!"

"你们看起来全都漂亮极了!"聪敏老师说,"这张集体照一定会拍得很好看的。"

没过一会儿,学校门口来了一只样貌滑稽的狗。他还带来了十分复杂的照相设备。

"所有人挨在一起站好,"摄影师说,"我来给你们拍一张集体照。大个子的狗站在后排,小个子的站在前排。"

"不行,托比亚斯,你得站在前面!"聪敏老师说,"你是一条小个子狗!"

"站到我旁边来吧。"亨莉耶特说。她站在前排的最中央。

等每条小狗都找到一个地方站好后,摄影师让他们安静下来。"我一会儿会说:'快看那只小鸟。'然后你们所有人就一起笑!"

"哪只小鸟?"亨莉耶特问,"我一只小鸟也没有看见!"

"嘘!"聪敏老师制止她,"全都安静!"

"快看那只小鸟!"摄像师大声地喊道。这时,从他的照相机里蹦出了一只黄色的小鸟。

于是,戏剧性的一幕发生了。班尼狗扑向照相机,一把抓住小鸟,把它咬在嘴里来回晃动着。

"班尼狗!"聪敏老师大声呼唤,"你在干什么?"

班尼狗也惊呆了。"我不知道自己怎么会这样,"他说,"这是条件反射!"

"没关系!"摄影师笑着说,"这只小鸟是用木头做的,我这就把它装回去!"

等小鸟重新被装到照相机上后,摄影师重新试了一遍。这一回,终于如愿以偿了:所有的小狗都冲着小鸟笑了起来。

"好了,孩子们,我们拍好了,"摄影师喊道,"你们全都很漂亮,现在你们又可以继续活动了!"

大扫除

今天,妈妈的模样奇怪极了。她的耳朵不见了。她的耳朵被塞到了一块格子布的下面。

"你的样子真怪异!"班尼狗说,"你看上去一点儿也不像你自己了。"

"春天到了,又到了大扫除的时候了,"妈妈解释说,"我今天要清扫、洗刷、打蜡,直到整幢房子都被洗得亮闪闪的!"

"我可以帮忙吗?"班尼狗问。

"当然了,"妈妈说,"不过你不可以妨碍我,否则我会完不成任务的。"

班尼狗先找来一块格子布,把它裹在脑袋上。于是,他的耳朵就跟妈妈一样不见了。

"我先从天花板角落里的蜘蛛网开始。"妈妈说,"你能帮我把折叠梯子搬过来吗?"

当他们把折叠梯子打开以后，妈妈便踩了上去。她拿着一个巨大的拖把头。

"你得紧紧扶住梯子，否则我会掉下去的，"妈妈说，"我要好好胳肢胳肢我们的房间！"

妈妈举着拖把头捅了起来，那样子简直就像是在挠天花板的痒痒。这听起来太滑稽了，班尼狗忍不住大声笑了起来。

"该去擦窗户了，"妈妈说，"我们先擦外面。"

这是班尼狗最喜欢的，因为他可以举起水管朝窗户喷水。然后，妈妈用肥皂水仔细地擦洗窗户，再把它们抹干。

"你可以帮我换一桶干净的肥皂水吗？"妈妈问班尼狗。

班尼狗跑到厨房里，拿起装着肥皂水的瓶子，使劲地往水桶里倒了一些。然后，他把温水灌进水桶里。水桶上的泡沫堆成一座巨大的山。山顶上的泡沫最好看。班尼狗朝着它们吹气，于是，泡沫缓缓地飞到空中。颜色好漂亮啊！

"你怎么还不回来？"走廊里传来妈妈的声音，"我们还要拖地板呢！"她拿起一个扫帚模样的大家伙，它的一头绑着海绵。妈妈把它浸到水桶里，然后用一个手柄把扫帚上的海绵拧干。

等她再次把海绵浸入肥皂水中时，班尼狗帮她把手柄卸了下来。"干得漂亮。"妈妈说。

他们把整个走廊的地板都拖完之后，妈妈打开了大门。

"用不了多久，地板就干了，"她说，"我们现在可以休息一会儿。走吧，我们到花园里去坐一会儿。"

不一会儿，他们听见了托比亚斯的声音。他正站在大门外。"你在家吗，班尼狗？"他大声地喊着说。

"我们在花园里！"班尼狗回答道。

"不过你得小心一点，"妈妈说，"因为地板才刚刚拖……"

可是托比亚斯没有听见她说的话。他已经跑进了屋子，滑过湿漉漉的地板，穿过厨房，来到了花园里。他径直滑上了软绵绵的草坪。

"这是你跳过的最漂亮的达克斯舞步！"班尼狗和妈妈笑着说。

真正的英雄 1

"今天下午,我要去看我的奶奶。"班尼狗说。他正和托比亚斯、亨莉耶特一起走在回家的路上。"你们想要一起去吗?"

"好啊,人多才热闹嘛!"亨莉耶特说。

"我也去,"托比亚斯说,"可是我得先问问我妈妈。"

亨莉耶特和托比亚斯的妈妈都同意了。不一会儿,他们就准备就绪,可以出发了。

"你们去奶奶家的时候,"班尼狗的妈妈说,"能不能把这个热水壶给她?这是我专门为她买的,因为她的脚总是很冷。走吧,我送你们去电车站。你们如果能保证一路都乖乖的,那么我就让你们自己坐电车。反正奶奶住得也不远。"

"看哪,好浓密的乌云。"他们在电车站等车时,亨莉耶特说。"天气预报说今天会下雨,"妈妈说,"而且我听见收音机里说,今天还会刮大风。"

"电车来啦!"班尼狗说。

"你们要记得在晚饭前回来。"他们三个踏上电车时,妈妈在他们身后喊,"替我好好亲亲奶奶!"

他们刚坐好,电车就开动了。"我们应该在哪一站下车?"亨莉耶特问。

"在贵宾犬国王广场站下。"班尼狗说道,"下车后只要走两三分钟就能到了。"

"雨开始下了!"托比亚斯说,"我听见打雷声了!"

"是啊,我还看见闪电了!"亨莉耶特说。

"快看,好大的风啊!"班尼狗说,"那根树枝从树上掉下来了,正在天空中四处乱飞呢!"

"简直就像深夜一样,"亨莉耶特说,"几乎伸手不见五指!"

突然,伴随着一声巨响,他们看见一道利剑般的闪电。

与此同时,电车停下不动了。车上所有的狗都因着惯性往前倒。

"电路故障,"售票员说,"我们得等一会儿,等到一切恢复正常!"

"真刺激。"托比亚斯说。

他们等了很长时间,可电车依旧静止不动。

"赶时间的狗请下车,"售票员说,"你们还是走路比较好。"他想要打开门,可是无论他怎么摁按钮,门依旧没有开。

"我们被困住了!"一只小狗尖叫起来。

"我要出去!"另一只狗一边大声嚷嚷起来,一边用力地砸门。

"请大家安静,"售票员说,"不要惊慌!"

"我觉得是时候让亨尼托出场了,"班尼狗说,"我们应该想一个法子!"他走到电车的前端。"女士们,先生们,我是班尼狗,我和亨莉耶

特、托比亚斯一起在这列车上。我们是亨尼托组合,专门救助有需要的狗。请您坐在您的座位上不要乱动。我们会想办法让电车重新启动的!"

真正的英雄 2

班尼狗、亨莉耶特和托比亚斯一起坐着电车去奶奶家。他们刚到半路就停电了。电车停住不动了,就连门也无法打开。

"我怎么才能准时赶到牙医的诊所呢?"一只小狗大声嚷嚷起来。

"我还得赶在商店关门之前买一大堆东西呢!"另一只小狗说。

"我要出去!"某只小狗尖叫起来,"一旦被困住,我就会很狂躁。"

售票员用尽了一切办法,可是车门依旧无法打开。

"亨尼托会想到办法的!"班尼狗的声音响彻整辆电车。

"我有办法了,"托比亚斯一边说,一边指了指窗口,"我从上面的窗口爬出去,通知消防员。他们会有办法打开车门的。"

"好主意!"亨莉耶特说。

托比亚斯被一只狗推到了敞开的窗口前。他用鼻子顶了顶窗户的缝隙。"再推我一把。"他说。

可是他刚把脖子探出去,就被卡住了。"这样不行!"他说。

"我们得再想一个办法。"亨莉耶特说。

"我坚持不了了!"一只小狗一边大喊大叫,一边用拳头砸窗户。

突然,班尼狗看见车顶上有一扇天窗。"那扇天窗有什么用途吗?"他问售票员,"可以把它打开吗?"

"我想应该可以,"售票员说,"可是它太高了。没有人能爬得上去。"

"亨尼托会有办法的!"班尼狗喊道,"过来,亨莉耶特,爬到我的背上!"班尼狗站在电车里的一张座椅上。"有没有哪条大狗可以把托比亚斯扶到亨莉耶特的背上?"

托比亚斯终于爬到了亨莉耶特的背上,这下儿,他就快够到车顶了。

"现在,你用后腿撑住站起来,用鼻子把天窗推开。"班尼狗说。

托比亚斯小心翼翼地站了起来。他的身体略微有些晃动。电车里寂静无声。所有的狗都屏住呼吸,紧紧地盯着亨尼托们。

托比亚斯用鼻子顶了顶天窗。起初,天窗纹丝不动。可是,等他试了几次以后,天窗被推开了。

"成功啦!"所有的狗一边鼓掌一边欢呼。

"现在你可以爬出去了,"亨莉耶特说,"去把消防员叫来!"

托比亚斯使尽最后的力气,靠着前腿把自己撑了起来。不一会儿,他就爬上了电车的顶部,在瓢泼大雨中走到电车的前端。可是他怎么才能下去呢?

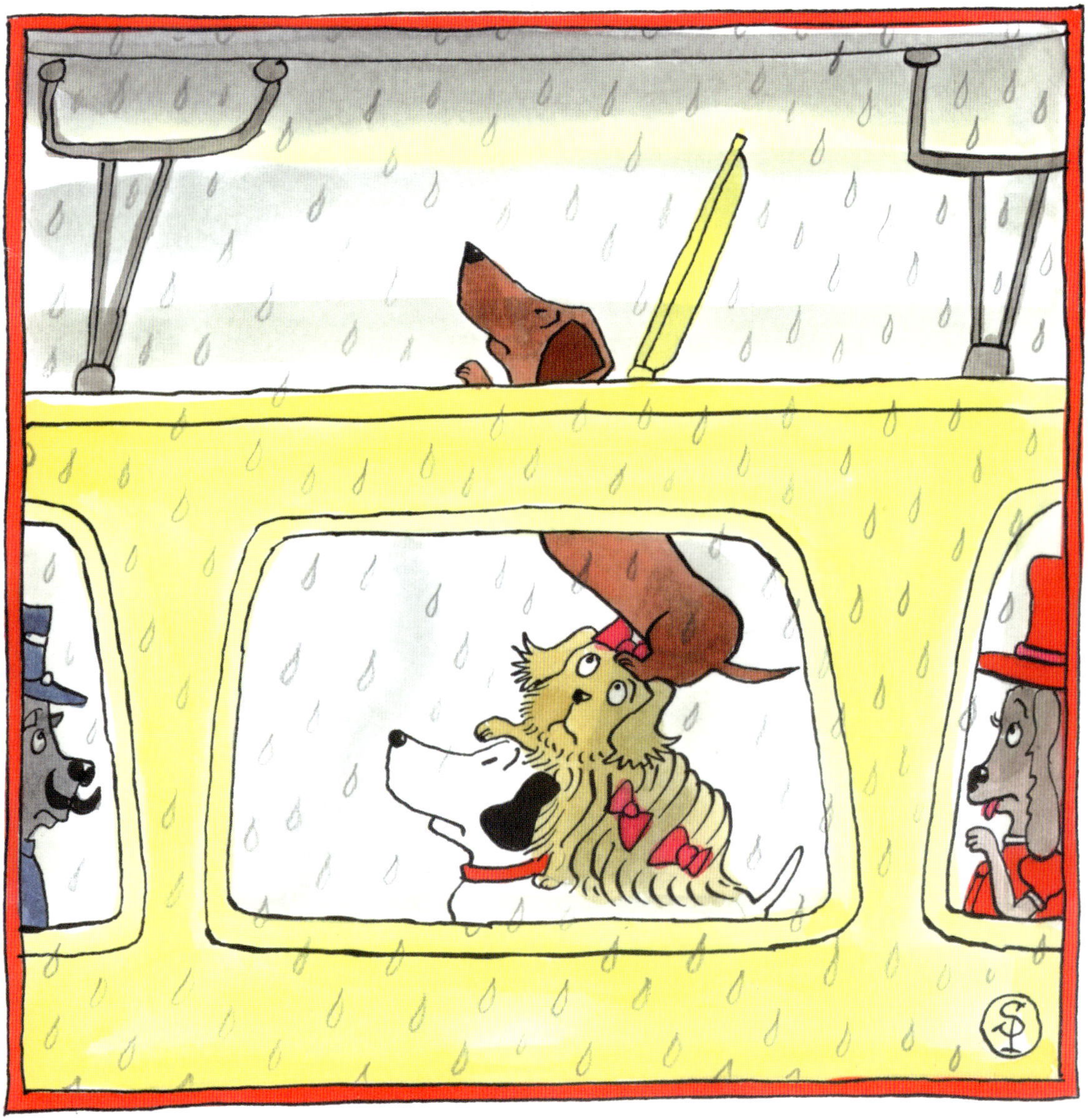

真正的英雄 3

一道闪电击中了班尼狗、亨莉耶特和托比亚斯正在乘坐的电车。车门打不开了，乘客们全部被困在了里面。

托比亚斯通过天窗爬上了电车的顶部。可是他怎么才能从车顶回到地面上呢？这里太高了，跳不下去。这里也没有突起的管道可以让他爬下去。

"跳到水坑里！"亨莉耶特喊道。

托比亚斯看了看下面。雨水积起了一个很大的水坑。

"这里简直就是一个游泳池！"班尼狗喊道，"闭上眼睛往下跳！"

"我数到三！"亨莉耶特说，"一，二，三！"

可是托比亚斯仍旧在车顶上。

"我不敢，"他用颤抖的嗓音说道，"这里太高了！"

"你就这样想：亨尼托是天不怕地不怕的！"班尼狗说。

"一，二，三，不管了！"托比亚斯大喊一声，跳了下来。"砰"的一声巨响过后，托比亚斯的小脑袋沉入了水底，不过，很快他就冒出了水面。

电车里传来鼓掌和欢呼声。"真是一个超级大英雄！"小狗们喊道，"超级亨尼托的托比亚斯万岁！"

"我这就去找消防员！"托比亚斯说着，跑远了。

电车里所有的狗都耐心地等着托比亚斯回来。时间似乎过了很久，忽然，他们听见鸣笛声。"滴嘟滴嘟滴嘟！"

一辆火红色的消防车驶了过来。坐在前排戴着一顶消防帽的那个是谁呀？正是托比亚斯！

所有的消防员都从汽车里爬了出来。他们从消防车上抬下一架长长的梯子。一位消防员沿着梯子爬到了电车的顶部。他把一架小梯子从车顶的天窗里递了下去。

终于，所有的小狗都从电车里爬出来了。他们一个接一个地爬到外面。突然，大家听见一声刺耳的尖叫。

"我被卡住了！"一只小狗大声喊着说。他实在太胖了，没法从天窗里爬出来。

"嗯，"车顶的消防员说，"这该怎么办呢？"

"亨尼托一定会有办法的，"班尼狗说，"我们需要一块肥皂！"

"洗洁精可以吗？"一只小狗问，"我刚买了很多东西，其中就有一瓶全新的洗洁精。"

"棒极了。"班尼狗说。他拿着瓶子爬上梯子。"很抱歉，我得往你身上涂皂沫！"他对被卡在半空中的小狗说。

班尼狗往他身上涂满了皂沫，然后下令说："用力推。"

几只小狗从下面推,消防员则在上面拉住小狗的前腿。

刚开始的时候,一点用也没有。可是后来,那条小狗从天窗爬到了车顶上。

"万岁!"所有的小狗一齐喊道,"亨尼托万岁!"

"干得漂亮!"等所有小狗都被救出来之后,消防员对班尼狗、托比亚斯和亨莉耶特说,"你们才是真正的英雄!"

"现在该回家了,要不然我们全都会着凉的!"班尼狗说。

"是啊,回去坐在壁炉前面吃小骨头点心!"托比亚斯说。

呼啦圈

"亨莉耶特怎么拿着一个那么奇怪的东西?"托比亚斯说。

"那一定又是什么非常流行的东西,"班尼狗说,"她总有一些新玩具。"

"那个东西能用来做什么?"托比亚斯问,"它看上去没什么意思。"

"这是一个呼啦圈,"亨莉耶特说,"可以用来呼啦啦转圈。"

"转起来看看,转起来看看!"班尼狗忍不住喊道。

亨莉耶特抬起两条前腿,直立起来。她把呼啦圈举过头顶,然后开始扭屁股。接着,她松开呼啦圈。这个呼啦圈开始在她的腰上旋转,越转越快。

"呼啦圈,呼啦圈,房间里转转,台阶上转转!"亨莉耶特唱了起来。

"真好玩!"班尼狗喊道,"我也想试试。"

"我倒是觉得这是一个专门给小女孩玩的游戏。"托比亚斯说。

"你只不过担心你自己玩不好嘛,"班尼狗说,"可以让我试试吗?"

"你得先花很多时间练习,"亨莉耶特说,"最重要的是你要不停地扭屁股。"

班尼狗拿起呼啦圈,把它顶在腰上。随后,他扭动了起来。可是无论他怎么扭,呼啦圈总是掉落到地上。

"现在你知道这有多难了吧!"亨莉耶特说,"况且这才是一个呼啦圈,有些小狗还会三个呼啦圈一起转呢!"

"我偏要把它转起来!"班尼狗生气地说,"我会一直练习,直到它转起来为止。"

"你必须把屁股扭起来,放松一点,"亨莉耶特说,"把你自己当作一个巨型的呼啦圈。"

"说不定我们唱起歌来你就行了。"托比亚斯说。

"好吧,"亨莉耶特说,"跟我一起唱:呼啦圈,呼啦圈,房间里转转,台阶上转转!"

可是无论他们怎么鼓励班尼狗,呼啦圈还是一次又一次地掉到地上。"你来试试看吧,托

比亚斯。"他说。

"试试就试试,"托比亚斯说,"虽然我还是觉得这是专门给小女孩玩的游戏。"

他抬起前腿,直起身子,扭动起来。他的样子就像一根橡皮筋。接着,托比亚斯松开呼啦圈,然后……呼啦圈没有掉下来!呼啦圈不停地在空中摇摆,越转越快!

"你头一回玩就学会了!"亨莉耶特尖叫起来,"简直是一个奇迹!"

"呼啦圈,呼啦圈,房间里转转,台阶上转转!"班尼狗随着托比亚斯的节奏大声地唱。

"我明天要试试三个呼啦圈一起转,"托比亚斯高兴地说,"这绝不是一个专门给小女孩玩的游戏!"

排队

班尼狗跟着妈妈去买东西。他们已经走了十多家商店。

"我们可以回家了吗?"班尼狗叹了一口气,"我开始觉得没意思了。"

"我需要再去一下邮局就行了,买几张邮票。"妈妈说。

"噢,不!"班尼狗说,"那我们又得排上几小时的队了!"

"我们先看看里面的狗多不多吧,"妈妈说,"也许不太多呢。"她把班尼狗从自行车的前筐里提溜出来。"你先进去吧,我还得把自行车锁好。"

班尼狗沿着高高的大理石台阶跑到上面。邮局里站满了小狗,他们全都在排队。

"瞧见了吧,"妈妈进门的时候,班尼狗说,"这里已经狗满为患了!"

"可是这些队伍并不是一样长,"妈妈说,"卖演唱会门票的柜台前,队伍最长。这可是著名女歌手露丝维萨·哈瑟温杜斯的演唱会。你看,卖邮票的柜台前队伍就没有那么长。我们很快就可以排到了。耐心一点。"

"我去数数这里有多少橙色的东西,"班尼狗说,"这样的话,时间可以过得快一点。我已经看见四样橙色的东西了,一定还有更多。"

他们所排的队伍很快就变短了。妈妈和班尼狗时不时就可以往前挪几步。

"十六!"班尼狗说,"我看见了十六种橙色的东西!现在我要开始数绿色的了。"

"我们这排的速度比旁边那排快多了,"妈妈说,"马上就轮到我了!"

他们的前面还有一条狗:一条年迈的老狗,她还拖着一个行李箱。

"有什么能为你服务的吗?"柜台后面的营业员问道。

"我想把这些存到我的储蓄账户上,"年迈的老狗一边回答,一边打开她的行李箱,"一共是四百二十八元。"

"这可不能只由您说了算,"营业员说道,"我们得仔细清点一下。"他看上去不太高兴。

"看来我每一回都排错队伍!"妈妈说。

营业员数得很快。起初,他数得很小声,可是过了一会儿,他开始大声地数数:"七十三,七十四,七十五,七十六……"

"十二,十三,十四!"班尼狗也大声地数。

"不要那么大声地打断我,"营业员说,"我忘了数到哪儿了!"

"小声一点,"妈妈对班尼狗说,"否则我们得排到明天了。你有没有数一数这里有多少样紫色的东西?"

营业员重新数了起来。每当他数到五十的时候,他就把钱装进一个信封,然后再继续数:"一百一十,一百一十一,一百一十二,一百一十三……"

"十八,十九,二十!二十种紫色的东西!"班尼狗说。

营业员愤怒地瞪着他。"您的儿子就不能到外面去数数吗?"他对妈妈说,"这里全都被他搞乱了!"

"你去看看外面有多少种红色的东西吧!"妈妈说,"我一会儿就出来。"

"您比您原来以为的更富有。"营业员数完所有的硬币后,轻声地笑了起来,"总共四百三十一块钱!"

终于轮到妈妈了。她买好邮票后走出邮局。她从大衣口袋里掏出一块小骨头点心。"这是用来奖励你乖乖等我的!"她对班尼狗说。然后,他们骑上自行车回家了。

打针

"我们必须打针。"班尼狗说。

"什么是打针?"亨莉耶特问。

"就是用针头扎一下,"班尼狗说,"是用来预防生病的。如果不打的话,你就会死掉!"

"必须去医生那里才能打吗?"亨莉耶特问,"还是可以由我们自己打?"

"去医生那里打。"班尼狗说。

"我也可以给你打针啊!"亨莉耶特说,"我这就到针线盒里拿一根针出来!"

"针线盒里的针上没有装预防生病的东西,"班尼狗说,"那玩意只有医生才有!"

"我不要打针,"亨莉耶特说,"你的皮肤会被扎出一个小洞洞!"

"谁也看不出来,"班尼狗说,"你的毛毛会把它挡住的。"

"即使那样,我也觉得是一种浪费,"亨莉耶特说,"我最珍惜我的皮肤了!"

"我觉得你是在找借口,"班尼狗说,"你明明就是害怕了!"

"害怕!"亨莉耶特喊了起来,"哈,我从来都不觉得害怕!"

"咳,那就没问题了,因为我们今天下午就会见到医生了!"班尼狗说。

"医生会到学校里来吗?"亨莉耶特问。

"是的,所有的小狗都要打针。"班尼狗说。

"我可以跟着你吗?"亨莉耶特问。

"绝对没问题,"班尼狗说,"我会紧紧握住你的前腿的。"

"喊,根本用不着,"亨莉耶特说,"我只是觉得大家一起比较热闹而已!"

下午,当他们来到学校时,操场上已经排起了长长的队伍。操场的中央停着一辆白色的汽车。

汽车的前面站着一位和善的女士。"下一位病人!"她喊道。鲍里斯应声走了进去。

不一会儿,他就出来了。

"怎么样?"他的一个朋友问道,"疼吗?"

"一点儿也不疼。"鲍里斯勇敢地说。他十分骄傲地指着创可贴让大家看。"洞就在这底下。"他说。

排在亨莉耶特和班尼狗前面的是内罗。内罗是全校个子最高、胆量最大的狗。

他弯下腰对亨莉耶特说:"嘿,小东西!你是不是已经开始发抖了?"

"你怎么会这么觉得,"亨莉耶特说,"我一点儿也不害怕!"

"你很快就会害怕了,"内罗说,"对于你这么一个小个子来说,打这样一针简直太恐怖了!"

"根本不可能,"亨莉耶特说,"我甚至一

150

点感觉也不会有!"

"我已经打过上百针了,"内罗说,"我觉得针头打在皮肤上的感觉舒服极了!"

"他在夸海口,"班尼狗说,"没有任何一条狗会打过上百针!"

"下一位病人!"他们听见友善的女士喊道。快轮到他们了。内罗的前面只剩两条小狗了。

"你可以排在我的前面。"内罗冲着亨莉耶特说道。

"不用了,"亨莉耶特说,"你先去吧,我不赶时间!"

"我得先去上洗手间。"内罗说。

突然,亨莉耶特和班尼狗看见内罗的腿轻微地抖动起来。

"下一位病人!"和善的女士说。

"轮到你了!"班尼狗对内罗说。

可是内罗摔倒了。砰的一下,他倒在了地上。亨莉耶特和班尼狗都被吓了一跳。

"没关系的,"女士说,"内罗晕倒了。小狗害怕的时候经常会这样!"

"可是他很喜欢打针啊,"班尼狗说,"他都已经打过上百针了!"

女士忍不住大声地笑了起来。"是啊是啊,就会逗能!"她把内罗摇醒,轻轻地把他推进汽车里。

不一会儿,他走了出来。他甚至不敢正眼看亨莉耶特和班尼狗。他的尾巴耷拉着。

"轮到我们了,"亨莉耶特喊道,"我们可以一起进去吗?"她问那位女士。

她同意了。

医生先把他们毛毛下面的一小片地方擦得干干净净。然后,要求他们必须伸出前腿,一动也不动。

医生先给亨莉耶特打针。"小洞洞还会合上吗?"她忧心忡忡地问。

医生笑了。"当然了,"他说,"过上几天,它就看不见了。"

"你别看。"轮到班尼狗打针时,亨莉耶特对他说。

可是班尼狗还是看了。他看见医生是怎样把针头插进自己的皮肤里。

"我觉得你们很勇敢。"医生说。

亨莉耶特和班尼狗分别贴上了一块漂亮的创可贴。亨莉耶特的那一块是粉红色的,班尼狗的那一块是黄色的。

鬼

"快醒醒,班尼狗!"妈妈喊道,"香喷喷的狗粮已经准备好了!"

没有人回答她。她来到班尼狗的床边,看见班尼狗还躺在方格花纹的毯子底下。

"班尼狗!"她又喊了一遍。她提起毯子的一角,摸了摸班尼狗的鼻子。班尼狗睁开一只眼睛,睡眼惺忪地看着妈妈。他慢慢地睁开另一只眼睛。"已经到早上了吗?"他说,"这不可能啊,我才刚刚躺进被窝。"

"好好伸个懒腰吧,"妈妈说,"然后赶快到厨房里来!"

班尼狗摇了摇脑袋,准备起床。可是被窝太暖和了,他忍不住多躺了一小会儿。他重新闭上眼睛,很快就又睡着了。

"班尼狗!"妈妈大声地呼唤,"你必须过来了。"

班尼狗惊醒过来,他从窝里蹦出来,睡眼朦胧地冲向厨房。他只顾急急忙忙地往厨房跑,根本没有注意到,自己的身上还盖着毯子。

"救命啊!"妈妈尖叫了起来,"厨房里有鬼!"

"在哪儿?"班尼狗喊道。这时,他才发现自己的脑袋被毯子盖住了一半。他大声笑了起来。

"呜呜呜!"他说,"鬼要吃饭了,要不然我就一整天都这样装鬼吓唬你!"

"给,"妈妈说,"我这里有一盘蜘蛛丸子干,这是鬼最喜欢吃的!"

复活节兔子

"别傻了,"亨莉耶特说,"你总不会相信这种鬼话吧。复活节兔子!别搞笑了。一只背着竹筐的兔子,竹筐里还装着彩色的蛋!"

"这是真的,"班尼狗说,"每年,复活节兔子都会在我们家的花园里藏很多蛋。"

"那是你妈妈干的,"亨莉耶特说,"或者是你的奶奶,反正肯定不是兔子干的!"

"也许在你家是你妈妈做这个事,"班尼狗说,"可是在我家,真的是兔子做的。这是我亲眼看见的!"

"真是有趣的故事,"亨莉耶特说,"不过我是绝对不会上当的!"

"你自己来看看嘛,"班尼狗说,"明天复活节兔子来的时候,我就给你打电话!"

第二天,托比亚斯到班尼狗家吃早饭。"复活节快乐!"他一进门就喊道。

班尼狗的妈妈准备了各种各样美味的食物。有香肠馅饼,还有兔子形状的小面包。兔子的眼睛是用葡萄干做的。当然了,她还准备了香喷喷的烤培根和让人垂涎三尺的小骨头蛋糕。他们围着餐桌坐下,立刻开动,享用起大餐来。

"托比亚斯,"吃完早饭后,班尼狗说道,"你得帮帮我。"他趴在托比亚斯的耳边说了一些话。

"好主意!"托比亚斯说。然后,他们一起来到班尼狗的房间。

半小时后,班尼狗回到楼下。"我可以给亨莉耶特打一个电话吗?"他问妈妈。

"你赶快过来,"电话接通后,班尼狗对亨莉耶特说,"复活节兔子正在我们家的花园里呢!"

"我这就来,"亨莉耶特说,"不过,如果你说的是假的,我就要狠狠地拧你的尾巴!"

不一会儿,亨莉耶特就到了。"让我看看!"她说。

"你得非常非常安静。"班尼狗一边说,一边领着亨莉耶特来到窗前。

"你看,他在那儿,"班尼狗压低声音说,"就在那儿,在花园的深处。"

刚开始,亨莉耶特什么也没有看见,可是后来,她看见了一片草丛后面露出的两只长长的、棕色的耳朵。

"看起来,他的背上背着一个竹筐,里面装满了蛋!"亨莉耶特小声地说。

"这下你相信他是真实存在了吧?"班尼狗说道。

"我要到外面去,"亨莉耶特说,"我想靠近一点看看!"

"不行!"班尼狗说,"他……"可是亨莉耶特已经冲了出去。

"噢!"他听见她嚷嚷起来,"你看看,这是

托比亚斯!"

托比亚斯正站在草坪上哈哈大笑。他的头顶上绑着两只用硬纸板做成的长耳朵。他的背上背着一篮子蛋。

"好笑吧,"班尼狗说,"最有意思的就是,有那么一小会儿,你还真的相信了。哎哟!"

"说好我可以拧你尾巴的!"亨莉耶特说。

"你们要不要过来?"妈妈喊道,"我已经准备好颜料了,我们可以一起画复活节彩蛋!"

他们三个飞快地跑回屋里。

复活节彩蛋

"今天,我们一起来画蛋,"妈妈说,"画复活节彩蛋!"

"今年我们可以用真正的颜料吗?"班尼狗问,"去年,我们把一颗彩色丸子和鸡蛋一起放进水里,然后鸡蛋自动就染上了颜色。这一点儿也不好玩!"

"你说得对,"妈妈说,"你们已经长大了,完全可以自己动手涂颜色了。"她拿起颜料,把装着鸡蛋的盒子放到桌子上。"它们已经煮熟了。所以就算你们使劲捏也没有关系。"

"这可是一个细活,"托比亚斯叹了一口气说道,"给我一张大一点的纸,我好用它垫着涂颜色。"

亨莉耶特把她的那枚鸡蛋涂成粉红色,还在上面画上了心形的图案。班尼狗画了一只嘴里含着小骨头点心的兔子。而托比亚斯则在他的鸡蛋上画了一道裂缝。

"看上去就像是小鸡仔快要从鸡蛋里爬出来了。"他说。

"煮熟的鸡蛋里是没有小鸡仔的,"亨莉耶特说,"要不然就太可怜了。"

"我要用纸做耳朵,"班尼狗说,"还要用线做胡子。"

托比亚斯画完了鸡蛋上的裂缝。"下一枚鸡蛋上应该画些什么呢?我什么都想不出来。"

"画你自己,"亨莉耶特说,"画一幅自画像吧。"

"好主意,"班尼狗说,"我们三个全都在鸡蛋上画自己的自画像吧。"

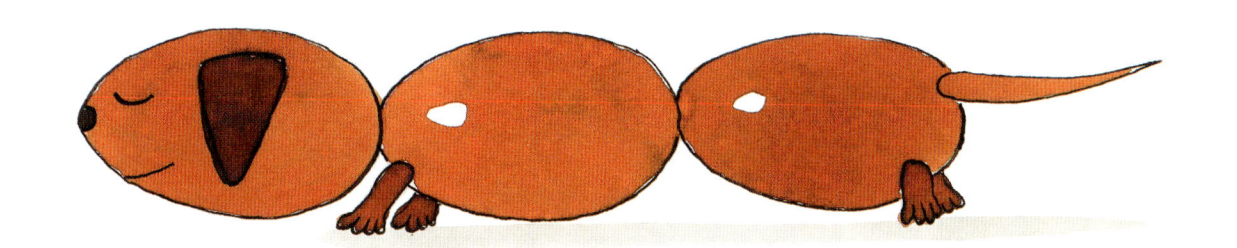

"我可以要三枚鸡蛋吗?"托比亚斯问。

"三枚?"亨莉耶特问,"做什么?"

"一会儿你就知道了。"他说。

他们埋头苦干了起来,涂啊涂,剪啊剪,贴啊贴。

班尼狗的鸡蛋还是白色的。鸡蛋的底下有一条红色的线。那就是他的项圈。他还把黑色的毛皮剪成耳朵的形状,贴在鸡蛋的侧面。

亨莉耶特的鸡蛋看上去也很不错。她用一颗黑色的小珠子做鼻子,又用粉红色的纸做出漂亮的蝴蝶结,粘在鸡蛋的顶部。

托比亚斯把三枚鸡蛋全都涂成了棕色,然后把它们挨个摆在一起。他还在侧面粘了四条腿。

"你们不是总说我像香肠吗?"他笑着说,"瞧瞧,这才是真正的香肠呢!"

班尼狗又拿起一枚鸡蛋,在上面画了一幅肖像画。它看上去很像他的自画像,只不过多了一个红色的蝴蝶结。

"这是妈妈。"等妈妈走进屋子的时候,班尼狗说。

"它们真漂亮啊!"妈妈说,"就这样吃掉实在太可惜了。"

"我们再画一些小狗脑袋吧,"亨莉耶特说,"就画周围的邻居或者班上的同学!"

"今年,我们的桌子上摆的不是复活节兔子,而是复活节小狗!"班尼狗说。

游泳课

今天,班尼狗要去上他的第一堂游泳课了。妈妈把游泳要用的东西全都装进了小背包里:一条毛巾和一顶泳帽。

班尼狗却躲在被窝里,钻到毯子底下躲起来了。"我不要去。"他说。

"快走,"妈妈说,"我们是猎犬,猎犬都喜欢游泳!"

"水太冷了!"班尼狗说。

妈妈把班尼狗装进自行车的前筐里。通常,班尼狗总是滔滔不绝地说个不停,可是,今天一路过来,他一句话也没有说。

当他们来到游泳池旁边时,班尼狗看见托比亚斯正好向他走来。

"喂,班尼狗!"托比亚斯兴奋地喊道,"你也想游泳了?"

"我最讨厌水了,"班尼狗嘟囔道,"更不用提游泳池了!"

游泳教练来了。她的个头非常高大,身材十分魁梧。

"瞧啊,班尼狗来了,我们的大英雄!"她说。妈妈和游泳教练对视了一眼,然后哈哈大笑起来。这让班尼狗忍无可忍。她们怎么能够嘲笑他呢?

"快到更衣室去,"妈妈说,"一会儿见,我去看台上坐着!"

更衣室里挤满了小狗。鲍里斯和他的朋友也在那儿。

"我们一会儿去当鱼雷,看看谁在水下憋

的时间最长!"鲍里斯喊道,"喂,我们的班尼狗来了!"

他的朋友们齐刷刷地扭过头,看着班尼狗。"你为什么耷拉着尾巴?"他们喊道。

班尼狗颤抖起来。

"你的样子一点也不像猎犬,反倒像一条哈巴狗!"

"你一点儿也用不着担心,"托比亚斯说,"你一定会喜欢上游泳的。"

他们戴上泳帽,走到游泳池旁。那里十分喧闹。所有的小狗都连说带嚷的。不时还能听见水花四溅的声音。班尼狗无精打采地跟在托比亚斯身后。他往边上瞧了一眼,妈妈正在向他挥手。

"全都站成一排,"游泳教练说,"今天,我们要学习怎样把水里的木棍捞上岸!"

游泳教练的手里拎着满满一篮子木棍,她把它们一根一根地丢到水里。每丢出一根,就有一只小狗扑出去。

"别离我太远了。"轮到托比亚斯时,他对班尼狗说。噗,他冲了出去,把水花溅得到处都是。

"好了,班尼狗,轮到你了。"游泳教练说。

班尼狗看了看水面。哎呀,水好深呀!

"我不要。"他说。

"来吧,我们一起跳下去。"游泳教练说。

班尼狗还没反应过来,就已经跃到了半空中。扑通!他什么都看不见了。过了一会儿,他打着喷嚏,浮出了水面。

"很好,"游泳教练笑了,"你现在知道了吧,这一点也不难!"

班尼狗用腿在水里胡乱扑腾,一副不知所措的模样。

"你坐到我的肚子上来吧,"游泳教练说,"我们一起游到对岸去!"

这个样子游泳才好玩嘛,班尼狗心里想。这就跟坐船一样。

当他们来到对岸后,游泳教练推了班尼狗一把。她把一根木棍丢到水里。"这一回你自己去!"她说。

班尼狗尝试了一下。

"把鼻子露出来!"

起初,他挣扎了几下,不过,他很快就浮上了水面。

成功啦!他拿到了木棍,用牙齿紧紧地咬住它。随后,他游向了对岸。

托比亚斯站在岸上欢呼雀跃。"瞧见了吧,你能行的!"

班尼狗笑了。他骄傲地带着木棍爬上岸,朝着妈妈奔去。"给你,"她一边说,一边递给他一块美味的小骨头点心,"送给我认识的最勇敢的木棍能手!"

湿漉漉的外套

班尼狗跟着奶奶一起到市中心去购物。外面正在下雨,他们一起撑着奶奶的雨伞往前走。奶奶一边走着,一边唱着歌:"小小一个班尼狗,走在奶奶雨伞下,最可爱的小狗狗,是我最好的朋友。"

"你唱得不对,"班尼狗说,"这首歌说的是汉尼克和燕妮克。"

"你说的没错,"奶奶说,"可是我不认识汉尼克,也不认识燕妮克。只有把他们换成你,这才能变成我们自己的歌。我觉得这首歌改过以后有意思多了。"

奶奶唱着歌,继续往前走,他们一起来到电车站。

"电车已经来了。"班尼狗说。

"这辆是33路电车,"奶奶说,"不是我们要坐的车。我们得等5路车来。"

他们等了很久,忽然,班尼狗说道:"我觉得很好笑。所有的狗都盯着电车来的方向。就好像这样看着,电车就能快点来似的。"

"你说得对,"奶奶说,"可是等车的时候还能做什么呢?"

"跳人行道!"班尼狗说。

"跳人行道?怎么个跳法?"

"简单得很,"班尼狗说,"就是从人行道上跳到马路上,再从马路上跳回来。"他示范给奶奶看:"轮到你了,奶奶!"

奶奶也跳了起来,可是才跳了几下,她就停了下来。"对我这把老骨头来说,这实在太累人了。"她上气不接下气地说。

幸亏5路电车已经朝他们驶来了。

"它开得太快了,"奶奶说,"乖乖待在人行道上。哎呀!"

电车飞快地从水坑里驶过,把雨水溅得高高的,就像一道喷泉。所有的小狗都被淋湿了。

"你看看我的外套啊!"奶奶说,"上面全都是泥浆!"

电车的门开了,奶奶走到售票员跟前买票。

"我的奶奶被电车溅起的水淋得浑身上下湿漉漉的,"班尼狗说,"她的外套被泥浆染成棕色的了。"

"太糟糕了,"售票员说,"有时候,司机看不清轨道上究竟有多少水。为了表示我们的歉意,你们不需要买票了。看在你对奶奶这么好的分上,我允许你帮我用麦克风报站名。坐到我的腿上来吧。"

每当电车靠近一个站台时,售票员就伏在班尼狗的耳边,小声地告诉他路名。然后,班尼狗就对着麦克风报站名。

"下一站是拉布拉多广场站!"班尼狗的声音在电车里回荡。接下来,他们还经过了杜宾犬购物中心、猎狗城市公园、荷兰毛狮犬运河和贵宾犬小巷。

"下一站是狗狗梦工厂!"班尼狗说。

"百货商店到了,"奶奶说,"我们得在这儿下车了。"

"等你长大了,你可以跟我们一起工作。"售票员对班尼狗说。

"但愿他不会那么快从水坑里开过!"奶奶一边说,一边领着班尼狗下了车。

数羊

"你怎么又来了？"妈妈问。

"我真的睡不着，"班尼狗说，"就连眼睛都合不上！"

"坐到我的腿上来，"妈妈说，"我来给你讲一个故事。"

她讲了一个关于国王和龙的故事，故事很好听。班尼狗喜欢极了。

"真的该睡觉了，"妈妈说，"所有的小狗全都已经睡着了。"

她带着班尼狗回到床上。"好了，我给你盖上毯子，要是你还是睡不着，那就数羊吧。"

"数羊？"班尼狗问，"为什么要数羊？"

"试试看吧，"妈妈说，"你会知道它有多管用的，晚安！"

班尼狗看着天花板。他还是不觉得困。

我觉得这是一个奇怪的主意，他心里想。可是我还是数羊试试吧。

他闭上眼睛，想着小羊。一开始，他什么也没有看见，可是过了一会儿，他就清楚地看见一头小羊朝他走来。

小羊溜达了一会儿，在篱笆旁停下脚步。然后，他一下子跃了过去。

一只！班尼狗心里想。紧接着，又来了一只羊，然后又来了一只，之后还来了一只。

他们全都跃过了篱笆。"二，三，四，五。"班尼狗数着。

突然，他看见了一头不敢跳篱笆的小羊。他怎么都不敢跳。他身后的羊群全都停下了脚步。他们必须等他跳过去之后才能继续走。唉，可怜的小羊，班尼狗想，现在我彻底睡不着了。班尼狗睁开眼睛，依旧很清醒。

就算数羊也没有用，他想。那头小羊要怎么办呢？

突然，他想到了一个解决办法。他又一次闭上了眼睛。

"来吧，我来帮你，"他对那头不敢跳的小羊说，"这一点儿也不可怕，我轻轻地推你一把

就好了。"

　　成功了。小羊看上去还有一点紧张,可是他跃过了篱笆。

　　好了,数到六了!班尼狗心里想。接着,所有的羊全都跃过了篱笆。

　　"七,八,九,十,十一,十二……"数着数着,他就睡着了。他连二十只羊都没有数到。

跳蚤妈妈

"我妈妈是看管妈妈。"亨莉耶特说。

"我妈妈是故事妈妈,"托比亚斯说,"你的妈妈也在学校帮忙吗,班尼狗?"

班尼狗点点头。"我的妈妈是跳蚤和虱子妈妈。"

"呸,"亨莉耶特说,"真恶心,跳蚤妈妈!"

"她可是很重要的,"班尼狗说,"天气变暖的时候,你的毛毛里就会长出跳蚤和虱子,到时候,我妈妈就会把它们理出来。今天她就会到我们班来检查。"

"大家全都站成一排,"聪敏老师说,"班尼狗的妈妈马上就要来了,她会用抓跳蚤的梳子检查你们的毛毛里有没有长跳蚤和虱子。"

"我们用不着!"几个小女孩喊了起来,"我们每天都会自己梳毛毛,一天三次,从来都没有发现过跳蚤。"

"即使这样,你们的身上依旧有可能长出虱子和跳蚤,"聪敏老师说,"所以,每一个人都要接受检查。"

"下午好,"班尼狗的妈妈走进教室,向大家打招呼,"谁第一个坐到我的腿上来?"

"我先来,"莱奥纳多说,"我觉得这一点儿也不可怕。"

他爬到班尼狗妈妈的腿上,妈妈用梳子梳理他的毛发。

"里面有很多沙子,"班尼狗的妈妈说,"但是我没有看见虫子。下一个。"

所有的小狗一个接一个地走上前去,个别小狗的身上被发现有跳蚤或虱子。

"你要非常细致地梳你的毛毛,"跳蚤妈妈说,"还要把你床上的被子洗干净,因为跳蚤会在那里产卵。"

"记得要用去除跳蚤的洗发水,"聪敏老师说,"那样,跳蚤就会死光光了。"

"有些猫咪戴着去除跳蚤的项圈,"托比亚斯说,"那玩意管用吗?"

"我不太喜欢,"班尼狗的妈妈说,"那个东西太臭了。"

"我就不用坐到您的腿上去了吧?"亨莉耶特说。她排在队伍的最后。"我超级干净,因为我

每天都用洗发水洗头。您不需要给我检查了。"

"这跟你的头发干净或者肮脏没有关系，"班尼狗的妈妈说，"它们可能长在任何人的身上。"说着，她开始梳理亨莉耶特的毛发。很快，她就发现了几只跳蚤。

"它们不是我身上的，"亨莉耶特说，"它们是从其他小狗身上跳过来的！"

"即使它们不是你身上的，"班尼狗的妈妈说，"你最好还是用去除跳蚤的洗发水洗一洗。过几个星期我会再来，看看大家的身上是不是全都没有跳蚤了。再见啦！"

我看见，我看见……

"我觉得很无聊。"班尼狗说。

"我也不知道我们可以做些什么。"亨莉耶特说。她四仰八叉地躺在沙发上，伸了伸懒腰。

"你们到外面去玩吧，"妈妈说，"到了外面，你们就会有主意了。"

"呜，不要，"班尼狗说，"外面在下雨。我才不想被雨淋得湿嗒嗒的。"

"我也不想，"亨莉耶特说，"如果沾到雨水，我的卷毛就会全部耷拉下来。"

"嗯，那我也不知道了，"妈妈说，"你们就这么无聊着吧。"

"我想到一个游戏，说不定还挺有意思的。"亨莉耶特说。

"我不想玩游戏，"班尼狗说，"我什么事都不想做，只想呆呆地看着外面。"

"玩这个游戏你就可以一直看外面，"亨莉耶特说，"游戏的名字叫'我看见的你没看见'。"

"一点儿也不好玩。"班尼狗说。

"我看见的你没看见。它是红色的！"亨莉耶特说。

"嗯，"班尼狗说，"这里有很多红色的东西啊。"

"是啊，这个游戏就是要这样玩！"亨莉耶特两眼直勾勾地盯着前方。这样，班尼狗就不知道她说的是哪一个红色的东西了。

"是橱里的茶壶吗？"班尼狗问。

"不是。"亨莉耶特说。

"是妈妈的蝴蝶结吗？"

"不是，错了。"

班尼狗把红色的皮球、妈妈书桌上的红墨水、收音机上的红按钮、盘子里的红苹果、童话书封面上小红帽的帽子、花园里红色的花数了一个遍，可是所有的都是错的。

"你得给我一点提示，"班尼狗说，"这个东西是近还是远？"

"非常近，"亨莉耶特咯咯咯地笑了起

来,"是非常,非常,非常,非常近!"

班尼狗仔细看了看周围。"是我坐着的垫子上的红格子花纹吗?"

"错!"亨莉耶特说,"不过已经很接近了。"

"我知道了!"班尼狗从凳子上蹦了起来,拿起一截妈妈织毛衣时落下的红色毛线。

"错!"亨莉耶特说,"不过很接近了。"

班尼狗跑遍了整个屋子。"这里离答案近吗?"

"是的,很接近。"

班尼狗跑到房间的另一边问:"那么这里呢?"

"也非常非常接近。"

"这怎么可能呢?"班尼狗问,"不管我在哪儿,我都很接近答案。"

"没错!"亨莉耶特说,"而且我真的没有撒谎哦!"

班尼狗已经把所有眼睛能看见的红色物体数了一个遍。"我放弃。"他叹了一口气。

"嘻嘻。"亨莉耶特笑了起来,"是你自己的红项圈!"

"太过分了!"班尼狗说,"这个东西我自己看不见。"

"所以游戏就叫这个名字啊。"亨莉耶特说,"我看见,我看见,我看见的你没看见!"

"真是一个无聊的游戏,"班尼狗说道,"我宁愿到外面去玩。你想跟我一起去吗?雨已经停了。"

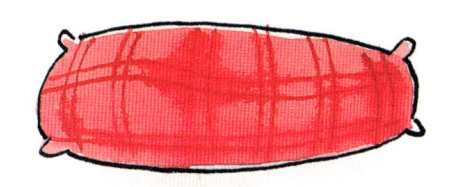

肚子疼

"快来,"班尼狗对托比亚斯说,"今天我们送亨莉耶特一份礼物,给她一个惊喜!"

"可是你有钱买礼物吗?"托比亚斯问。

"世界上有不要钱的礼物啊,"班尼狗说,"比方说我们亲手给她烤一些小点心。"

"真是一个好主意,"托比亚斯说,"我们可以把点心做成各种各样的形状。可以做成狗的样子,也可以做成别的小动物的样子!"

妈妈帮他们揉好了做点心用的面团。等面团准备就绪后,托比亚斯和班尼狗把它们捏成了各式各样的动物。一只骆驼、一只兔子、一条巨大的鲸鱼,还有一条小狗。

他们用葡萄干做眼睛。

妈妈把小点心装在一个盘子里,把它们放进烤箱烤熟。

等点心变凉了,他们就用漂亮的纸把它们包装起来,然后出发去找亨莉耶特。

他们来到亨莉耶特家门口,亨莉耶特的妈妈开了门。

"我们给亨莉耶特带来了一个惊喜。"班尼狗说。

"你们太可爱了,"亨莉耶特的妈妈说,"她正躺在床上呢,因为她生病了。"

班尼狗来到亨莉耶特的床边,问道:"你怎么了?"

"我的头很疼,"亨莉耶特说,"而且一会儿热一会儿冷。我还觉得恶心,肚子也抽筋了!"

"听起来很严重,"托比亚斯说,"你真的生病了。"

"我们为你准备了一个惊喜。"班尼狗说。他把装着点心的小盒子递给亨莉耶特。

"你们真好,"她一边拆礼物,一边说,"可是我一点胃口也没有。"

托比亚斯把前腿搭在她的脑门上。"没关系,"他说,"我们自己把它们吃掉就好了。"

亨莉耶特扑哧一下笑了。

"我的肚子疼会好起来的,对吧?"亨莉耶特说。

"我还有一份礼物,"班尼狗说,"这份礼物对你的病情有帮助!"

"是什么东西?"托比亚斯问。

"我们给你讲一个好听的故事!"班尼狗说,"听完你一定会舒服很多的。"班尼狗开始讲述一只小狗的故事,讲述他是如何建造自己的飞机,然后开着它环游整个世界的。这只小狗还发明了一种灵丹妙药,可以给所有的小狗医治疾病。他还会飞到亨莉耶特的身边,为她把病治好。

"真好,"托比亚斯叹了一口气,"你觉得这个故事怎么样,亨莉耶特?"

可是亨莉耶特没有回答。她沉沉地睡了过

去,还微微地打起了呼噜。

"对生病的小狗来说,这真是一份好礼物,"托比亚斯小声地说道,"她一定很快就会康复的!"

画画毯

今天是星期六,班尼狗不用去学校上学。一清早,他就醒了。他该做些什么呢?独自玩耍太无聊了。况且他不能发出太大的声响,因为每到星期六,妈妈就要睡懒觉。

班尼狗看了看自己的柜子,有什么好玩的呢?他可以用积木搭出一幢高楼,也可以玩消防车。

突然，他看见了一个盒子。盒子里装着粉笔、蜡笔和水彩笔。

他准备画画了！班尼狗拿起一张很大的纸，坐回到床上，然后把纸铺在他的被子上。

他首先思考了一会儿自己想画什么。然后他想到了。他要画消防车，还有他家的房子。

他拿起蜡笔，仔仔细细地画了起来。他画得十分投入，连舌头耷拉出来都没发觉。

等他用蜡笔描好了消防车的形状后，他便拿起一支红色的大水彩笔。他给整辆消防车全都涂上了颜色。

该画房子了。先画墙，再画窗，最后画上屋顶和烟囱。

班尼狗拿起灰色的蜡笔，在烟囱的上方画了几片云朵，当作烟囱里冒出来的烟。

接着，他想要给妈妈和自己画肖像。

他先画了妈妈。妈妈坐在自行车上。这很难画。图画上的妈妈看上去就像是裙子底下装了轮子。不过这没关系。他一会儿会告诉妈妈他画的是自行车。

接着，他开始画自己。画纸已经被涂得满满当当的，可是班尼狗还在尽自己最大的努力继续画画。

突然，房间的门开了。妈妈走了进来。

"你真安静啊，"她说，"我还以为你也在睡懒觉呢！"

"没有，"班尼狗说，"我早就醒了，还为你画了一幅画呢。"

"真漂亮啊，"妈妈说，"我看见一辆消防车和一幢房子。"

"这是我们的房子！"班尼狗说。

"这个是谁？"妈妈问。

"这是你！"班尼狗说，"看上去就好像你的身上长了轮子，但其实这是自行车！"

"你的水彩笔涂到外面去了！"妈妈说，"你的毯子上画的是什么？"

这时班尼狗才发现，他把自己画在毯子上了。

"这张纸太小了。"他垂头丧气地说。

"完全没有关系！"妈妈说，"这下儿，它真的成了你自己的毯子！它是一张真正的班尼狗毯！"

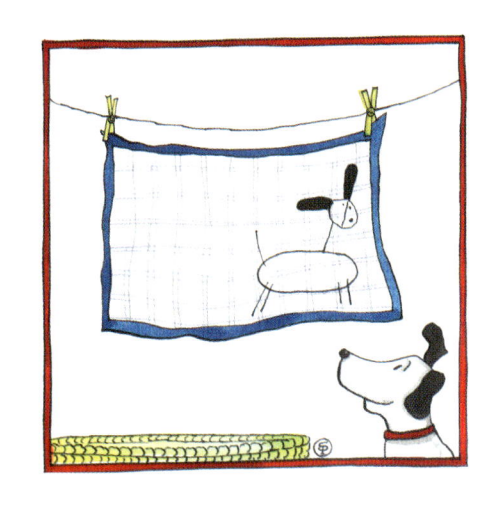

云朵

"说不定能找到那种颜色的蝴蝶结呢。"亨莉耶特说。她仰面躺在草地上,望着天空。"那样的天蓝色配上我的毛毛,该有多漂亮啊!"

"咳,你无论戴什么颜色的蝴蝶结都好看。"班尼狗说。他放纵地在草地上打滚。沙子和泥土擦过他的毛发。唔,好惬意呀!

"你会把自己弄脏的!"亨莉耶特喊道。

"这些东西自己会干的!"班尼狗一边说,一边又在泥地里打了几个滚。

"你不累吗?"亨莉耶特问,"你打完滚转完圈后能过来到草地上晒会儿太阳吗?"

班尼狗在她旁边躺了下来。阳光照在他的身上,暖洋洋的。

"瞧,那边飘来了一片云朵!"亨莉耶特说。

"是的,看起来像一只老鼠!"班尼狗说。

"老鼠?"亨莉耶特问道,"我不明白你的意思。我只看见了一朵小小的、洁白的云朵。"

"你得仔仔细细地看,"班尼狗说,"左边是老鼠的鼻子和嘴,后面那条螺旋形的白线就是他的尾巴。"

亨莉耶特歪着脑袋,眯起眼睛。突然,她喊道:"是的,是的,我看见了,像一只脏兮兮的老鼠!"

"那边飘来了一片大云朵。"班尼狗说。

大云朵撞上了老鼠云。

"唉,太可惜了。老鼠不见了!"亨莉耶特说。

"是啊,老鼠被一只巨大的刺猬吃掉了!"班尼狗说。

他说得没错,亨莉耶特仔细一看,发现那片大云朵的确很像一只巨型的刺猬,浑身上下长满了刺。

"即使被那些刺扎到,也不会疼,"亨莉耶特说,"云朵都是软绵绵的,就像棉花一样。"

"要是我们被扎到的话不会觉得疼,"班尼狗说,"可是对于另外一片云朵来说,就一定会很疼。"

"哎哟!"亨莉耶特喊了起来。另一片云朵撞上了刺猬云。

刚开始的时候,他们还可以看清刺猬的轮廓,可是渐渐地,刺猬便消失殆尽了。

"它变成了一艘蒸汽船!"班尼狗说。

"是啊,刺猬的鼻子变成了烟囱,"亨莉耶特说,"烟囱还在往外冒烟呢!"

他们盯着蒸汽船看了很久,直到它消失在远方。

"那边飘来了一片超级大的云朵。"亨莉耶特说。

"那是一片怪兽云,"班尼狗说,"你仔细看看,它还长着大眼睛呢!"

亨莉耶特看见云朵的中央有一个巨大的

洞。"那只眼睛还是蓝色的呢!"她喊道。

"一开始,他的嘴巴是闭着的,"班尼狗说,"可是现在,他露出了他的牙齿!"

"它们看上去就像是鳄鱼的牙齿,"亨莉耶特说,"也像龙的牙齿。"

"他用弯弯的尾巴把别的云朵都赶跑了,"班尼狗说,"以后再也不会下雨了。"

"龙变得越来越大了。"亨莉耶特说。她看上去有一丝害怕。"云朵会不会掉下来?"

"偶尔会,"班尼狗说,"有一回,一只小狗被一朵云吃掉了,再也没有人看见过他。"

"我想我还是赶快回家吧。"亨莉耶特说。

她站起身,抖了抖,把粘在卷发上的青草抖落到地上。

"哈哈,你一定是害怕了。"班尼狗笑了起来。

"我一点儿也不害怕,"亨莉耶特说,"但是天开始下雨了,我可不能让我的毛被淋湿了。"

班尼狗抬头看了看。那朵巨大的云正在往下落雨点。

"龙哭了,"他说,"他哭是因为他吃不到我们!"

"它才不是龙呢!"亨莉耶特喊了起来,"它只是一朵云而已,一朵会下雨的云!"

亨莉耶特过生日

"生日快乐!"当班尼狗来到学校门口时,托比亚斯对他说。

"今天不是我的生日啊!"班尼狗说。

"我知道,"托比亚斯说,"可是我们最好的朋友要过生日啦!"

"哎呀,"班尼狗说,"是真的呢,今天是亨莉耶特的生日,她下午要开派对。我差点忘了!"

"她的妈妈做了一个巨大的生日蛋糕,"托比亚斯说,"我一想到那个蛋糕,就止不住地流口水!"

上课铃响了。所有的小狗都坐在自己的座位上。聪敏老师向亨莉耶特表示了祝贺。亨莉耶特来到教室的最前面,全班同学齐声唱起了《祝你生日快乐》和《有一个女孩过生日》。

然后,亨莉耶特亮出了妈妈交给她的大篮子,开始分东西。班里的每一个同学都得到了一块香喷喷的小狗点心和骨头糖。

"我们把这些东西留到下课的时候再吃,"老师说,"现在,我们先来学习算术。"

"真可惜,"班尼狗小声地对托比亚斯说,"我还真想尝尝看呢。"

放学后,班尼狗的妈妈来接托比亚斯和班尼狗。

"我们一起为你们的朋友买一份生日礼物吧!"妈妈说。

"我们买什么呢?"班尼狗问道。他和托比亚斯一起坐在自行车的前筐里。

妈妈骑着车,沿着商业街往前,一直来到狗狗梦工厂。这时,她停好车,领着班尼狗和托比亚斯一起走了进去。

"我们到卖女士用品的地方去看看。那里一定会有适合亨莉耶特的东西!"妈妈说。

他们看见很多衣服和提包,还有用来扎头发的东西。那里有闪闪发亮的项圈,也有各种颜色的漂亮发卡。

"我们得挑粉红色。"托比亚斯说。

"我倒是觉得,买一样其他颜色的东西更有意思,"班尼狗说,"亨莉耶特已经有那么多粉红色的东西了!"

"好主意,"妈妈说,"那我们就为她准备一个真正的惊喜。"

"你觉得这个怎么样?"班尼狗问。

他从柜台里拿起一个嫩绿色的项圈,项圈上贴着小亮片。

"这个太绿了,"托比亚斯说,"这个是不是

好一点?"说着,他把一个紫色的大蝴蝶结举得高高的。

"太漂亮了,"妈妈说道,"我们就买这个了!"

她让服务员用包装纸把紫色的蝴蝶结包得漂漂亮亮的,然后跨上自行车,朝着亨莉耶特的家骑去。进屋后,她看见客厅的桌子上摆满了各种各样粉红色的礼物。

"我们一起给你买了一份礼物。"班尼狗说。他把礼物递给亨莉耶特。

她飞快地撕开包装纸。

"我们没有选你最喜欢的粉红色,而是特意挑了另外一种颜色。"托比亚斯看见亨莉耶特露出惊讶的神情,赶忙说道:"把它戴上试试。"

亨莉耶特把紫色的蝴蝶结夹到头顶上,所有的小狗都鼓起掌来。

"你看起来焕然一新啦!"托比亚斯和班尼狗说。

痒痒歌

"你怎么一直在挠耳朵?"亨莉耶特对托比亚斯说。下午,他们一起在班尼狗家玩耍。

"哦,就是有一点痒,"托比亚斯说,"没什么特别的!"

"嗯,"亨莉耶特嘀咕道,"天气这么闷热,我不知道是否会导致一些特别的痒痒。你明白我的意思吗?"

"我听不懂你在说什么,"托比亚斯一边说,一边用力地挠了挠肚子下面,"每个人都会觉得痒痒的。"

"我看见你这样子挠痒痒的时候,联想到一个词,可是我不会把它说出来,"亨莉耶特说,"因为只要一听到这个词,我就会后背发凉。"

"哦,"班尼狗说,"我知道你想的是哪个词了!不过你不用把它说出来,你可以把它唱出来!我告诉你应该怎么唱:那首歌叫《痒痒歌》。它的调子跟《被包围的小骨头》一样。那首歌你们都会唱!"

我又怎么会想到,毛毛里面长跳蚤。
东一只来西一只,毛毛里面睡大觉。

一二三四五六七,跳蚤越数越多了。
东一只来西一只,毛毛里面睡大觉。
跳蚤蹦得浑身痒,痒得我快受不了!

找到一样好东西,除跳蚤的洗发水。
这里涂完那里涂,跳蚤全都赶跑了!

一二三四五六七,跳蚤越数越多了。
东一只来西一只,毛毛里面睡大觉。
跳蚤蹦得浑身痒,痒得我快受不了!

我又怎么会想到,毛毛里面没跳蚤。
再也没有小跳蚤,毛毛里面睡大觉。

一二三四五六七,跳蚤越数越多了。
东一只来西一只,毛毛里面睡大觉。
跳蚤蹦得浑身痒,痒得我快受不了!

班尼狗刚刚唱完,便发现亨莉耶特用厌恶的表情看着自己。

"我觉得这首歌恶心极了,里面成天出现那个叫跳什么的词!"她说,"我也的确很担心你身上的痒痒就是由同一个原因引起的,托比

亚斯！"

亨莉耶特转过身想要看着托比亚斯，可是托比亚斯已经不见了。他躲到了窗帘的后面。

"你们唱得真好听。"妈妈一边走进屋子一边说。

"一点也不好听，"亨莉耶特说，"班尼狗唱了《痒痒歌》，因为托比亚斯的身上可能长跳蚤了！"

"托比亚斯在哪儿？"妈妈问。

"就在窗帘后面！"班尼狗说。

"你们不可以嘲笑他，"妈妈说，"我去把大澡盆端过来，往里面灌上热水，然后我们用去除跳蚤的洗发水把托比亚斯洗得干干净净的。到时候，他的身上就不会再有跳蚤啦！"

妈妈把托比亚斯抱进了澡盆，班尼狗和亨莉耶特给他全身都涂满了去除跳蚤的洗发水。洁白的泡沫看上去就像鲜奶油一样。

"你的样子就像一块抹了鲜奶油的巧克力蛋糕！"亨莉耶特笑着说。

"反正这块蛋糕上没有跳蚤。"托比亚斯咯咯咯地笑了起来。

敢

"你怕什么东西？"亨莉耶特问。

"我不明白你的意思。"班尼狗说。

"世界上有没有你不敢做的事？就算给你十万块香喷喷的小骨头，你也不愿意做。"

"我觉得我什么都不害怕啊！"班尼狗说道，"你呢？"

"我也敢做很多事！"亨莉耶特说，"还敢站在跳水板上往游泳池里跳呢！"

"我敢在闪电的时候到屋子外面去，"班尼狗说，"还敢在放烟火的时候出门！"

"我还敢趁妈妈不注意的时候从饼干盒里拿几块小骨头点心出来。"亨莉耶特说。

托比亚斯来了。"你们在聊什么？"他问。

"我们在聊我们敢做的事，"亨莉耶特说，"我记得你敢做的事不多，托比亚斯！"

"才不是呢！"托比亚斯说，"我敢吃很可怕的东西，比方说甲壳虫和蚯蚓。"

"哦，"亨莉耶特说，"那没什么稀奇的。我也经常吃！"

"我还敢随便按一个电话号码拨出去，"托比亚斯说，"如果有人接电话的话，我就大喊一声：'废物！'"

"这有什么可怕的？"亨莉耶特问，"反正他们也看不见你！"

"我敢冲着一条大个子狗狗吐舌头。"亨莉耶特说。

"如果他生气了怎么办？"托比亚斯问。

"那我就飞快地逃走！"亨莉耶特说。

"我可以在水底下游泳，还能游很长时间，"班尼狗说，"是睁着眼睛的哦！"

"我知道有一件事你们一定不敢做，"亨莉耶特说，"你们看见那边的那棵树了吗？"

"看见了，那有什么可怕的？"托比亚斯问。

"一口气爬到树顶！"亨莉耶特说，"我要看着你们爬！"

"那是猫干的事，"托比亚斯说，"狗从来不爬树！"

"那是因为没有狗敢爬！"亨莉耶特喊道。

"我这就爬上去给你看看，"班尼狗说，"如果猫能爬得上去，我也一定能爬上去！"

"你呢，托比亚斯？"亨莉耶特问。

"当然，"托比亚斯说，"这没什么了不起的！"

"那就爬给我们看看！"亨莉耶特说，"我才不信你们敢呢！"

"走吧，托比亚斯，"班尼狗说，"我们就爬给亨莉耶特看看！"

他们一起朝着大树走去。幸亏大树底部的枝干上长了一个巨大的节疤。他们轻轻松松就爬上了第一根枝丫。然后，他们一根接一根地往上爬，小心翼翼的。

"亨莉耶特变得越来越小了，"班尼狗说，"你看哪！"

"我不要往下面看，"托比亚斯说，"要不然我会觉得头晕的。"

"你们离树顶还远着呢！"亨莉耶特冲着他们尖叫。

"我觉得这里已经够高了，"托比亚斯喘着粗气说，"对达克斯猎犬来说，爬树实在太费体力了。"

"如果我们现在停下的话，亨莉耶特一定会以为我们是不敢继续爬，"班尼狗说，"我们只差几根树枝就能爬到顶部了。"

"你自己去吧，"托比亚斯说，"我觉得我已经爬得够高了。"

"来吧，"班尼狗说，"你总不想让她嘲笑你吧！"

托比亚斯鼓足勇气。"好吧，我跟你一起去。不过你们得答应我，你们会把这件事告诉全校的小狗！"

"我会告诉所有人，你是全世界最勇敢的达克斯猎犬！"班尼狗说。

他们一同继续向上爬，一直爬到最高的树枝上。"从这里可以看得很远，托比亚斯！"班尼

狗喊道,"你快看看远处的那些高楼啊!"

"我宁愿看着树上的叶子,"托比亚斯说,"我觉得它们离我够远的了。"

"你怎么在发抖?"班尼狗说,"这里一点儿也不冷啊!"

"我觉得,这里对我来说还是太高了,"托比亚斯说,"我们下去好不好?"

"好的,"班尼狗说,"你先下。"

"不,你在我前面,"托比亚斯说,"那样,你就可以告诉我,应该跳到哪根树枝上。"

班尼狗开始向下爬。"跳到那根粗的树枝上,"他喊道,"然后跳到那个很厚的节疤上。"

"等一等,我下不去!"托比亚斯喊了起来,"我动不了了!"

班尼狗抬头看着上面。"你怎么了?"

"我的腿动不了了,"托比亚斯说,"你背我下去!"

"那可不行,"班尼狗说,"那样的话,我也下不去了。"

"那可怎么办呢?"托比亚斯说,"我总不能永远坐在这里吧?"

"我会想办法的!"班尼狗说,"别看下面,要不然你会觉得头晕的。"

他迅速地爬到地面上。亨莉耶特正站在大树底下等他们。

"你真是一个大英雄,"她喊道,"托比亚斯在哪儿?"

"他不敢下来。我们必须想办法把他救下来。"

"我有办法了,"亨莉耶特说,"我们给消防队打电话。每当有小猫不敢从树上往下跳的时候,他们都会去救的。"

他们来到亨莉耶特的家里,给消防队打了电话,随后,他们急急忙忙地跑回了公园。不一会儿,一辆红色的消防车就驶了过来。车径直开到大树跟前停下,然后升起了一架长长的梯子。梯子一直通到大树的顶端。一位消防员沿着梯子爬了上去。

"唉,小伙子,"爬到树顶后,消防员对托比亚斯说,"你一定以为自己是一只小猴子吧?"他把托比亚斯从树枝上提起来,然后背着他回到了地面上。

托比亚斯爬到亨莉耶特和班尼狗跟前。"你们不要把这件事告诉别人,好不好?"他说。

"这是我们的秘密,"亨莉耶特说,"而且我觉得你勇敢极了!"

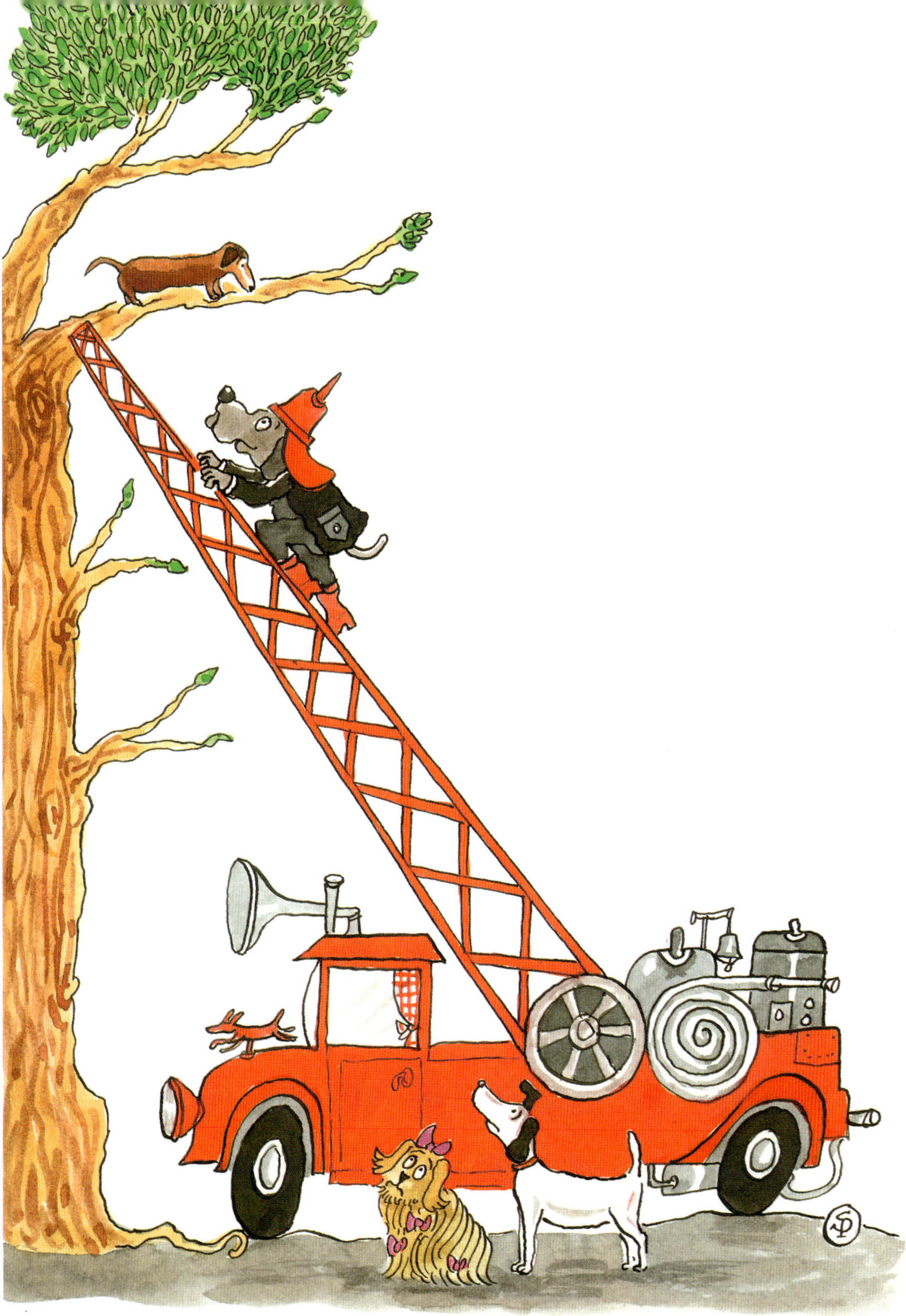

犬犬法式餐厅

夏天

充气泳池

外面热极了。班尼狗、亨莉耶特和托比亚斯仰面朝天地躺在草地上。

他们躺在大树的树荫下，因为只有那里才凉快一些。

"你们不想玩游戏吗？"妈妈问。

"天太热了！"班尼狗呼着热气说。

"我有办法了。"妈妈说。她走进车棚，然后带着一大团塑料回来了。"我们给它充足气。"她说。她拿出一个插着管子的橡皮球，把它放在那一大团塑料上。

"喔耶！"班尼狗喊道，"这是我们自己的游泳池喽！"

妈妈用脚踩着气泵，塑料泳池慢慢地鼓了起来，越来越像一个圆形的游泳池了。

"你来踩几下。"妈妈喘着气说。最后的几下由班尼狗来踩。等泳池变得涨鼓鼓的，再也充不进气时，妈妈卸掉了管子。

"可以放水啦！"班尼狗喊道。他兴冲冲地跑到车棚里，取来了一根水管。

妈妈拧开水龙头，又把水管的一头塞进泳池里。

"你们可以进去了哦！"妈妈说。

班尼狗、亨莉耶特和托比亚斯立刻接二连三地蹦到泳池里。他们用水管把彼此浇得湿淋淋的。

"还得等上好一阵子水才会满呢。"亨莉耶特说。

"泳池里的水可不能装得太满哦！"托比亚斯说，"我的腿特别短。"

等水没到托比亚斯的下巴时，妈妈把水龙头关上了。

"这下儿我们觉得凉快了，晒晒太阳可舒服了，"班尼狗说，"我们用球来玩捉人游戏吧！"

一整个下午，班尼狗、亨莉耶特和托比亚斯都在水里玩耍。

"你也感觉到了吗？"亨莉耶特问。

"水突然变热了！"

"是的，"班尼狗说，"你这么一说，还真是的！太奇怪了！你也感觉到了吗，托比亚斯？"

可是托比亚斯似乎没有听见他们的话。

"托比亚斯！"班尼狗说，"你该不会……"

托比亚斯低着头，甚至不敢看班尼狗一眼。他点了点头。

"对不起，"他说，"这发生得太突然了。我实在忍不住了。"

"你在说什么？"亨莉耶特问，"你忍不住什么？"

"我一不小心在水里尿尿了！"托比亚斯说。

"什么！"亨莉耶特尖叫着从泳池里蹦了出来。班尼狗也跟着蹦到泳池外面。

"发生什么事了？"妈妈问。

"托比亚斯在水里尿尿了！"亨莉耶特大声喊道。

"这种事很常见，不能怪他，"妈妈说，"你也出来吧，托比亚斯！游泳池需要进行技术维修，暂停使用。"

妈妈放干游泳池里的水，随后拿起水管，往里面灌上干净的水。

"游泳池重新开放！"等里面装上足够的水后，妈妈说。

"谁也不许再把热水龙头打开！"班尼狗笑着说。

害羞的达克斯猎犬

"我的表弟要来我家借住。"托比亚斯说。

"太好了,"班尼狗说,"那我们就可以和他一起玩耍了。他叫什么名字?"

"文森特。不过我们都叫他文森特·害羞,因为他从来都不敢说话。"

"咳,在我面前他一点儿也不需要觉得害羞。"亨莉耶特说。

"可是他见到女孩时恰恰比见到男孩更紧张!"托比亚斯说。

门铃响了。门口站着托比亚斯的姨妈。

"文森特在哪儿?"托比亚斯问,"他不来借住了吗?"

姨妈指了指自己身后,然后把食指竖到嘴巴前。她往旁边让了一步,露出文森特。他正两眼直盯着地上。

"你好,文森特!"亨莉耶特说,"我们是托比亚斯的朋友。很高兴你到这里来借住!"

这么一来,文森特钻到了她妈妈的裙子底下。"给他一点时间慢慢适应吧。"她说。

她把小行李箱放到厨房里,然后亲了她的儿子一口。

"玩得愉快,好好看着他!"托比亚斯的姨妈一边骑上自行车,一边说。

托比亚斯、班尼狗和亨莉耶特朝她挥手道别。与此同时,文森特一直站在苹果树的树干后面。

"我会让他开口的,"亨莉耶特小声地说,"你们瞧好了!"

"你要是不想说话的话,可以不说。"班尼狗说。

"我们玩一个不说话的游戏吧,"亨莉耶特说,"游戏的名字叫'提示'。轮到谁,谁就不能说话,只能用动作表达意思。其他人一起猜这个词是什么。我先来。"

她先假装自己拿着一个碗,不停地搅拌。然后把它倒出来,摇来摇去,高高地抛到空中,再稳稳地接住。

"打网球?"托比亚斯说。

不对,亨莉耶特摇了摇头。

"我知道了!"班尼狗说,"是烤薄饼!"

"对啦!"亨莉耶特喊道。

轮到文森特做动作了。他几乎一动也不敢动。终于,他抬起前腿,直立起来。他的前腿轻轻地在空中挥舞。

无论亨莉耶特、托比亚斯和班尼狗怎么猜,文森特只知道摇头。突然,他失去了耐心,大喊一声:"树!我是一棵树!"

"你说话了!"亨莉耶特尖叫起来,"瞧见了吧!你可以的!"

这下儿,大家全都笑了起来,就连文森特也不例外。

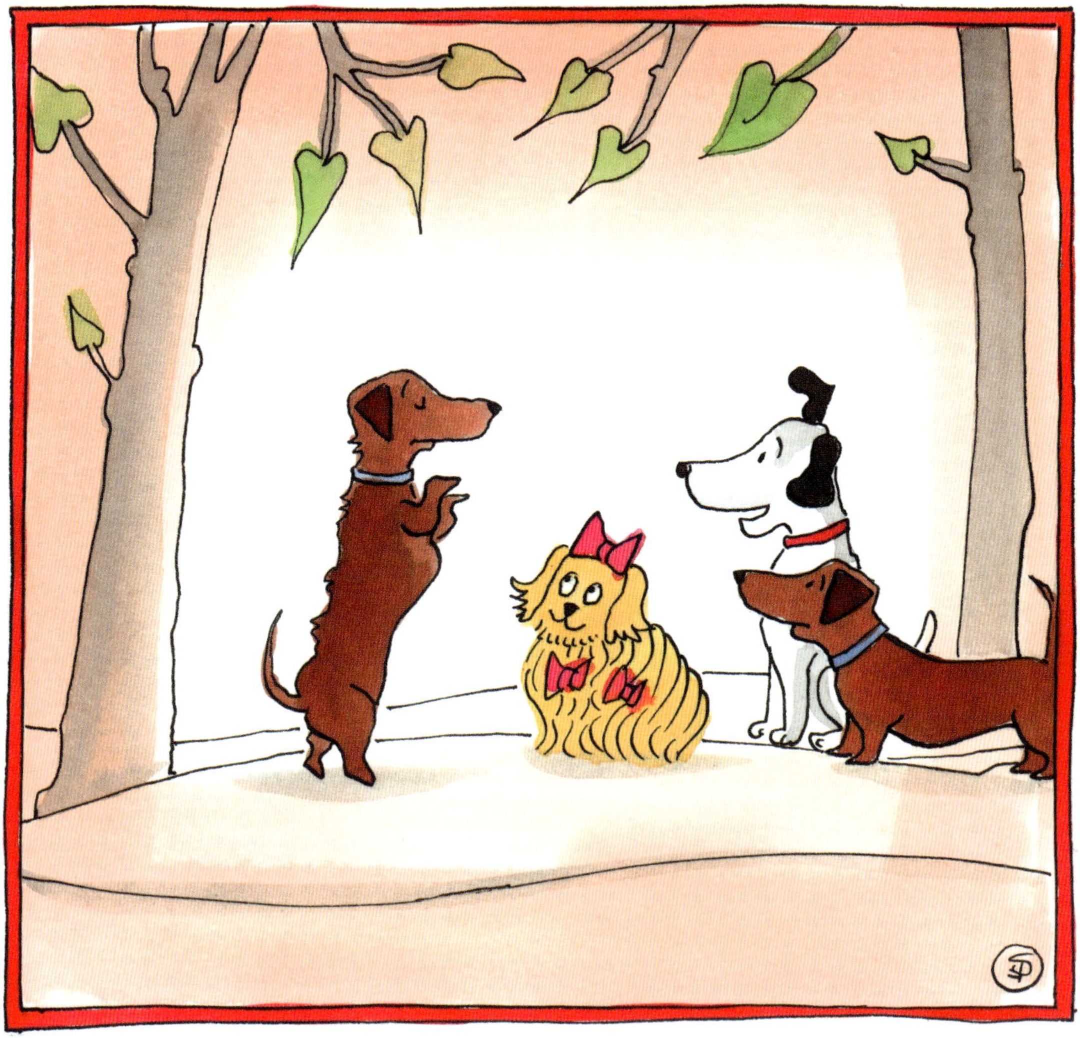

装满吻的包裹

叮铃铃！门铃响了。

妈妈从厨房的窗口探出脑袋看了一眼。"是邮递员来送包裹了。你能帮我去开一下门吗？"

班尼狗急急忙忙地跑到门口。

"我这儿有一个包裹，"邮递员说，"但是需要有人签字。"

"妈妈！"班尼狗喊道。尽管他已经会写字了，可是签名这种事情还是应该让妈妈来做。

妈妈签完名后，他们一起捧着包裹来到厨房里。

"你来拆包裹吧。"妈妈说。

班尼狗先把包裹外面那层棕色的纸撕了下来。包裹里面出现了漂亮的包装纸。这份礼物上还扎着一个漂亮的蝴蝶结。蝴蝶结的下面夹着一个信封。

信封上写着"送给班尼狗"这几个字。信封里装着一封信。信是奶奶写的。妈妈读起信来。

"亲爱的班尼狗，我最希望的就是每天都可以拥抱你和亲你。可是我做不到，因为我住得太远了。所以，我给你寄了一份特别的礼物：满满一盒吻。这样，你就可以每天早上和晚上打开一个吻。如果你摔跤了，把膝盖撞疼了，就赶快从盒子里取出一个吻，那样，疼痛很快就会消失。爱你的奶奶！"

班尼狗把盒子上的蝴蝶结解开，撕开包装纸，打开盒子。

"我什么也没有看见。"班尼狗说。他有一些失望。"那些吻在哪儿？"

"吻是隐形的。"妈妈说。"你瞧，我把一个吻吹向你，它在空中飞过，可是你却看不见它，"她吻了一下自己的手心，然后把吻吹向班尼狗，"瞧见了吧，它是隐形的！"

"可是我怎么才能把奶奶的吻打开呢？"班尼狗问。

"我来教你，"妈妈一边说，一边把前腿伸进盒子里，"你拿起一个吻，紧紧地抓住，否则它会飞走的。然后，你可以把吻按在任意一个地方。可以是你的脸蛋上，也可以是你的嘴上，还可以是你疼痛的膝盖上。你看，我把奶奶的吻放在了我的耳朵上。"

妈妈用前腿摁住自己的耳朵。"你也拿一个吧。"她说。

班尼狗从盒子里拿出一个吻，然后把它用力地摁在自己的鼻子上。

"真是一个重重的吻啊！"他说，"不过我现在得把盒子盖上了，要不然，其余的吻全都会飞走。那就太可惜了。"

"你知道我们该怎么做吗？"妈妈说，"我们也应该为奶奶准备一盒吻！"

班尼狗跑到阁楼上，找出一个漂亮的盒子，然后坐在厨房的桌子跟前。他往盒子里面装满了吻。每当他在手心里吻了一下，他就把手伸进盒子里。

"你做好了吗？"过了一会儿，妈妈问，"等你做好了，我就在盒子上扎一个蝴蝶结。"

"还差十个。"班尼狗说，"一，二，三，四，五，六，七，八，九……"班尼狗数了起来，"哎呀呀，盒子满了！我还剩一个吻呢！"他跑到妈妈面前，深深地拥抱了她。

小洞洞

今天下午,班尼狗和亨莉耶特在托比亚斯的家里玩。外面下着倾盆大雨。

"你们得想一想,有什么事是可以在室内做的。"托比亚斯的妈妈说。

"我知道了,"亨莉耶特说,"我们可以一起无所事事。"

"这绝对不行,"班尼狗说,"无所事事就是什么事也不做,所以这个事没法做。"

"胡说八道,"亨莉耶特说,"如果一件事可以用一个词语来表达的话,那么它就是一件真正的事,要不然这个词就不会存在!你们看好了,我要好好地无所事事!"

亨莉耶特仰面躺着,四条腿在空中微微地颤抖。

"啊呵!"她大声地打了一个呵欠,伸展了一下四肢,然后侧身躺着。"噢,我正在无所事事。"她说。

于是,托比亚斯和班尼狗也学起她的样子来。他们四仰八叉地躺在地上,学着她的模样打呵欠。

"咳,"班尼狗说,"我已经无所事事够了,现在我想玩一些别的东西了。"

"当牙医!"托比亚斯说,"我当病人,你来当牙医,亨莉耶特做你的助手!"

"好啊。"班尼狗说。他一把抓着托比亚斯的床,往里面塞了几个垫子。

随后,他拿起床边的台灯。

"这是牙医的椅子,"班尼狗说,"你去候诊室等着吧,托比亚斯!"

托比亚斯走到角落里,乖乖地坐着。

牙医的助手走了过来。她戴着一顶白色的帽子,还围着一条围巾。"请下一位病人进来。"她喊道。

托比亚斯慢吞吞地走到她的面前。"噢,噢,噢,我快疼死了!"他说。

"请您躺在椅子上。"牙医说。班尼狗拿起台灯,把它举到托比亚斯的头顶上。

"请张大你的嘴巴。"牙医说。

"啊!"托比亚斯说。

"难怪你会觉得疼,"牙医说,"我发现你的牙齿里有一个很大的洞!护士,能不能把钻子递给我?我要把那个洞填上。"

亨莉耶特拿起一支彩色蜡笔,把它递给班尼狗。

"我先给你上麻药,"牙医说,"打针的一刹那你会觉得很疼,不过之后就没有感觉了。"

说着,医生便钻了起来。"吱吱吱吱吱!"班尼狗发出尖利的叫声。

"请把填牙器递给我。"牙医说。助手把填牙器递给他,于是,牙医便开始补洞。

"您太能干了,"助手说,"还有你,小伙子,你是一个非常勇敢的病人!"

"我觉得我的嘴唇很麻。"托比亚斯说。

"一会儿就会好的。"牙医说。

"这是最后一个病人,候诊室里没有人了。"助手说。

"雨停了!"托比亚斯说,"我们到外面去玩吧!"

生日

班尼狗躺在床上翻来覆去，他怎么也睡不着。明天是一个令人激动的日子。确切地说，明天是一年中最最令人激动的日子。明天是班尼狗的生日。

妈妈会不会像去年一样，挂上很多彩旗呢？

桌子上会摆着什么样的礼物？他列了一个愿望清单。想要选出自己今年最想要的东西真不是一件容易的事。

他很喜欢会发出声响的小玩偶。那是一些用塑料做成的小动物和小球，每咬一下，他们就会发出奇怪的声响。他已经有很多这一类的小玩偶了。那些玩偶有着各式各样的形状：有的像骨头，有的像老鼠，有些像长着黄刺的刺猬，甚至还有戴着尖尖的红色帽子的小仙子。

当然了，他也喜欢真正的骨头。无论是小骨头形状的点心还是真正的猪骨头，都可以让他开开心心地吃上好一阵子。

他的愿望清单上还有好多东西。每一样东西的名称上，他都用水彩笔标上了颜色。黄色：非常想要。蓝色：非常非常想要。红色：非常非常非常想要。橙色：最想要！被涂上橙色的那个便是——榾扳。班尼狗还不太知道这两个字究竟该怎么写，不过没关系，反正妈妈知道他要表达的意思。

班尼狗渐渐睡着了，他梦见了他的滑板。滑板漂亮极了，它的底下装着紫色的轮子，正面画着熊熊的火焰。远远看去，即便滑板静止不动，也像在飞速地滑行。

公园里所有的小狗都凑上前来看他的礼物。"真是一块漂亮的滑板！"他们喊道，"我们还从没见过这么好看的滑板呢！"

"这是我的生日礼物！"班尼狗骄傲地说，"这是专门为我定做的，是从美国寄来的！"

"它滑得快吗？"小狗们问道。

"瞧好了！"班尼狗大声回答。他站在滑板上，使劲蹬起右前腿。他滑了起来，并且越滑越快。他收起四条腿，整个身子都站在滑板上。

他"嗖"地一下从小狗们面前滑过，越过地上的坑，用力一跳，稳稳地落回地面上。

"棒极了！"所有的小狗们异口同声地喊

道,"你敢在拱形铁板上滑吗?"

"你是说U型池?"班尼狗问。

U型池是一块巨大的拱形铁板,中间低,两头高。小狗可以站在其中一头,飞快地从上往下滑,然后一直冲上U型池的另一头。到了另一头,则要迅速地转身,再一次往下滑。只有最大胆的狗才敢玩这样的游戏。

"有了这块滑板,想怎么玩就怎么玩!"班尼狗喊道。他站在U型池边,正准备往下滑的时候,他的耳边响起一个声音:"醒一醒,班尼狗!"

原来是妈妈。刚才的一切都是做梦。

"祝你生日快乐!"妈妈紧紧地拥抱了他,"快来看看你收到了什么礼物!"

班尼狗跑到客厅里。到处都挂满了彩旗。桌子的中央放着一个漂亮的大蛋糕,还有一个扎着蝴蝶结的大盒子。

"快把它打开吧!"妈妈说。

班尼狗已经等不及了。他心里想:这会是我最期待的礼物吗?他急忙撕开了盒子的包装纸,打开盒子。掀起盖子的一刹那,他看见了一块木板。木板上还有轮子。

"怎么样?"妈妈问,"你觉得这块滑板漂亮吗?这是我亲手做的!"

"非常漂亮!"班尼狗失望地说。滑板完全不是他所期待的样子,一丁点儿都不像他在公园里玩的那一块。

"你的样子很不高兴,"妈妈说,"你不是想要一块滑板吗?"

"我真的觉得它很漂亮!"班尼狗说。他尽可能装出高兴的模样。妈妈不是故意的,只不过她对滑板一无所知。他紧紧地拥抱了妈妈。

咬点心

今天是班尼狗的生日。下午他要在自己家里开派对。

"你打算送他什么礼物?"亨莉耶特问。

"一个新的网球,"托比亚斯说,"他可喜欢了!"

"真是一份无趣的礼物,"亨莉耶特说,"我有一个不寻常的主意!"

"快说说!"托比亚斯说。

"一个新背包,"亨莉耶特说,"粉红色的、漂亮的新背包!"

"那完全不是男孩子该有的颜色!"托比亚斯说。

"胡说八道,"亨莉耶特说,"粉红色是世界上最漂亮的颜色!"

"如果你想给别人买礼物,你就不能只买你自己喜欢的颜色!"托比亚斯说。

"喊,"亨莉耶特说,"反正我就是要送他这份礼物!"

下午,托比亚斯和亨莉耶特一起来到班尼狗的家,那里已经聚满了班里的同学。桌子上摆着一个巨大的蛋糕,那是班尼狗的妈妈亲手做的。蛋糕的四周围了一圈狗粮和熏肠做装饰。

蛋糕的最上面放着一根喷香、多汁的骨头。当然了,那是为小寿星准备的。

房间里挂着一根长长的绳子,贯穿着整个屋子。

"这是你们的晾衣绳吗?"亨莉耶特问。

"不是,"班尼狗的妈妈回答说,"我们一会儿要用它做一些非常有意思的事!我们要咬点心!"她拿出一个很大的饼干盒,把各式各样的骨头挂在绳子上。"小寿星先来。"她说。她掏出一块布,用它蒙住班尼狗的眼睛。班尼狗原地转了几圈,转完后,妈妈把他推到绳子下面,让他咬一块点心下来。

起先,他咬空了好几回。于是,他仔细地嗅了嗅,不一会儿便咬到了。他吃到了一块香喷喷的小点心。

班上其他的小狗也一起加入到这个游戏

中。他们一个接一个地咬下了绳子上的小点心。

托比亚斯是最后一个玩的。他的眼睛也用布蒙着。

他嗅了嗅,不停地向空气中咬来咬去,可就是咬不到小点心。他够不到,是因为他的腿太短了!

"等一等。"班尼狗的妈妈说。她搬来小梯子,把托比亚斯抱了上去。这下儿,他正好站在了点心的下面。

"啊呜!"托比亚斯终于咬到了一块点心。

"该切蛋糕啦!"妈妈说道。她点上蜡烛。等班尼狗许完心愿后,每条小狗都分到了一块蛋糕。

时钟

"有谁知道现在几点钟？"妈妈问。

亨莉耶特、托比亚斯和班尼狗看着大时钟。

"现在是早上，"托比亚斯说，"这么说来，差不多是九十点钟吧！"

"现在差不多十二点。"亨莉耶特说。

"我不知道，"班尼狗说，"我忘了该怎么看时钟了。"

"亨莉耶特差一点就答对了。"妈妈说，"只不过她把时针和分针搞混了。现在是九点钟。短的针指着九，长的针指着十二。"

"这两根针走的速度一样快吗？"班尼狗问。

"不一样，"妈妈说，"长的针代表分钟，它每转一圈就是一个小时。"

"那么短的那根针呢？"亨莉耶特问。

"它走得慢多了，一个小时的时间，它才从九走到十，再从十走到十一，之后再继续走，"妈妈说，"我有一个好主意。我们一起当一回活的钟吧！走，我们到外面去。"

妈妈先从车棚里拿来了一个旧木块、一根绳子和一支白色的粉笔。她把小棍子戳进两块铺路石板的中间，然后把绳子绑在上面。随后，她把粉笔绑在绳子的另一头，用它在人行道上画了一个完整的圆圈。

"好了，这就是我们的时钟。"妈妈说。她在圆圈的中间画了一条白色的长线，又把圆圈分成了十二份，在上面写上数字。

"指针在哪儿？"亨莉耶特问。

"你们来当指针，"妈妈说，"仔细瞧，我做给你们看！"

妈妈躺在地上，头顶着小白点。"这样，我就变成了一根长指针。"她说，"过来，亨莉耶特，你是短指针。"

"现在时间十点钟！"班尼狗说。

亨莉耶特把腿挪向数字十。

妈妈迅速地转了一圈，把脚对准了十二。

"叮咚，叮咚，叮咚。"托比亚斯喊了十遍。

"要是我现在慢慢转动身体的话，就可以转到三上，那样就成了十点一刻，"妈妈说，"如果我的脚指着六，那么就变成了十点半。如果我的脚指着九，那么就是十一点差一刻。如果我的脚指着十二……"

"十一点！"班尼狗说，"轮到我们了！"

托比亚斯修长的身体正适合做长指针。

他们轮番当起了时针和分针，演示了各个时间。十二点的时候，他们忍不住大声地笑了起来，因为他们只能叠在一块儿了。

过了好一会儿，妈妈喊道："你们知道现在几点钟了吗？现在到了喝东西、吃小骨头饼干的时间啦！"

突然，时钟上的指针全都不见了。

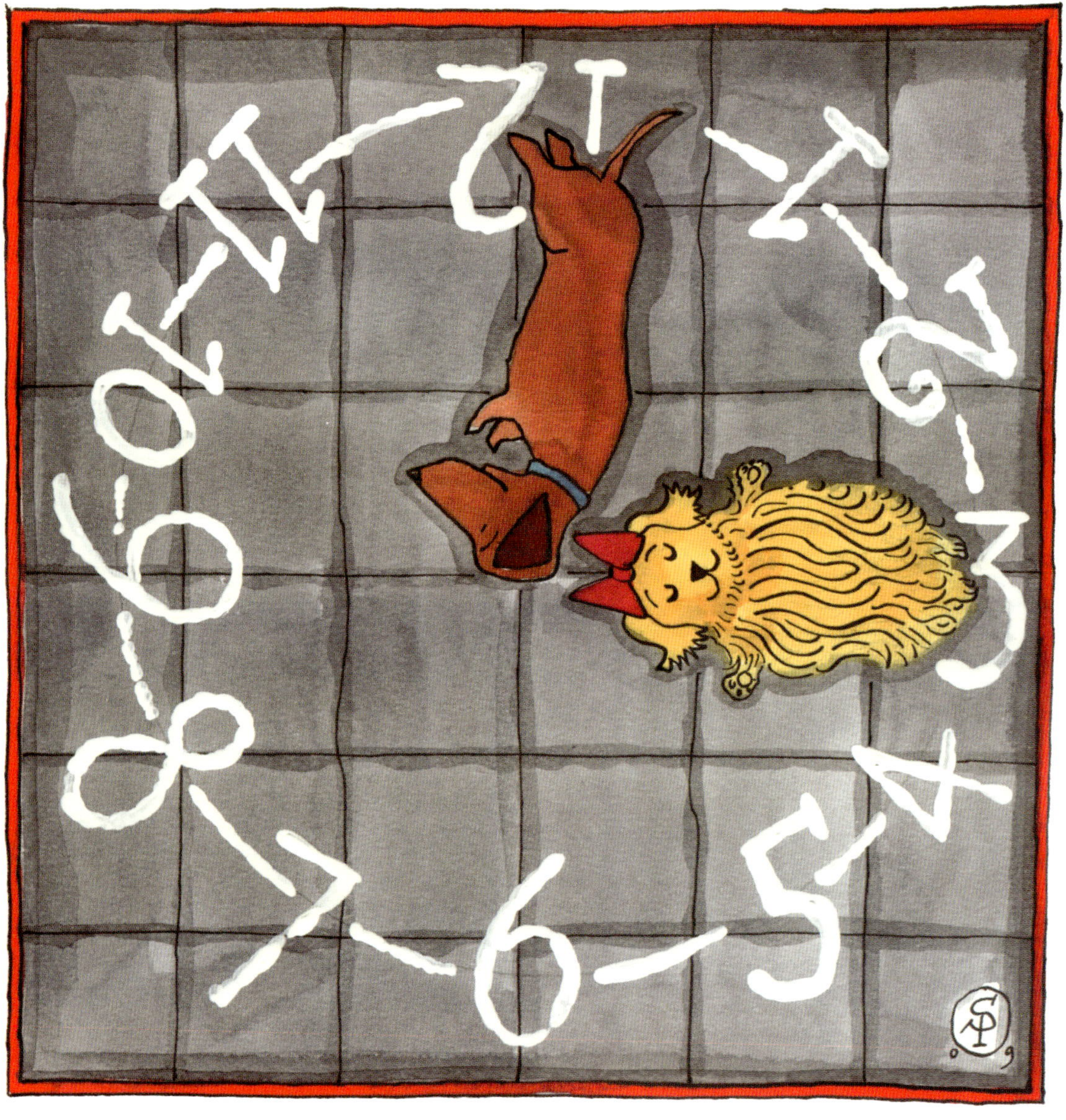

滑楼梯

"该死的鬼天气!"妈妈说,"我们今天不能到游乐场去玩了。"

"可是我们说好要去荡秋千的。"班尼狗说。

"我还想坐旋转木马上的金马车呢!"亨莉耶特说。

"我还想玩翘翘板呢!"托比亚斯说,"我们真的不能去了吗?"

"没戏了,"妈妈说,"你们还是想想可以在室内玩些什么吧。我去给你们烤一个香喷喷的蛋糕!"

"我们为什么不能在这里盖一个游乐场呢?"亨莉耶特说,"我们用桌子和椅子搭一个旋转木马吧!"

"没有用的,"托比亚斯说,"它不会旋转。我有一个更好的主意。我们玩滑楼梯吧!"

"滑楼梯?"班尼狗问道,"怎么玩?"

"跟我来。"托比亚斯说。

他来到走廊里,沿着台阶往上跑。"你看好了。"他一边说,一边冲到了楼上。他小心翼翼地爬到楼梯的扶手上,一只脚挂在上面。他用前腿紧紧地抓着扶手,后腿死死地盘住扶手。

"你们喊:一,二,三!"托比亚斯说。

"一,二,三!"班尼狗和亨莉耶特一同大声喊道。

于是,托比亚斯开动了。他松开前腿,"嗖"地一下滑到了楼下。

"这比滑滑梯还要快!"托比亚斯说。

"我也要玩!"班尼狗说着,爬上了扶手。"哎呀,这里好高啊!"他说。

"不要往下面看。"托比亚斯说,"我们一起数到三!一,二,三!"

可是班尼狗却紧紧地抱着扶手,慢吞吞地滑了下来。

"你简直就像一只蜗牛!"托比亚斯说,"你就像一只黏嗒嗒的蜗牛,沿着树枝往下滑!"

"我有轻微的恐高症,"亨莉耶特说,"不过还是让我试一下吧!"

当亨莉耶特来到楼上后,她也紧紧地抱住了扶手。

"好了,滑吧!"班尼狗说。

"你们得数到三啊!"亨莉耶特说。

"一,二,三!"托比亚斯和班尼狗喊道。

亨莉耶特也慢悠悠地滑了下来。

"你也害怕了!"班尼狗说。

"根本不是,"亨莉耶特说,"卷毛害得我的表皮变得毛毛躁躁的,所以我滑不快!"

"我有办法了。"托比亚斯说。他朝浴室走去,回来的时候,手里拿着一块肥皂。"给,"他说,"我们把它涂在扶手上。你重新爬上去吧!"

等亨莉耶特准备就绪时,托比亚斯和班尼狗齐声喊道:"一,二,三!"

亨莉耶特滑起来了。她飞快地滑向楼下。她的速度快得令她在扶手底部刹不住车。她从走廊的上空飞过,越过客厅的门,落到了沙发上。

"你的速度最快,"班尼狗和托比亚斯喊道,"从今天起我们就叫你亨莉耶特·火箭吧!"

游园会

"我们要到游园会上去吃棉花糖!"亨莉耶特喊道,"你要跟我们一起去吗?"

"棉花糖?"托比亚斯问,"那是什么东西?"

"那不是用真正的棉花做的,"班尼狗说,"它是一种甜甜的糖果!"

"我们还要坐旋转木马和摩天轮!"亨莉耶特说。

"那里还有一个鬼屋!"班尼狗说,"到处都是鬼魂!而且我还想玩射球游戏呢!你得用一个球撞倒一大堆易拉罐。如果它们全都被撞倒的话,你就可以挑一件好看的奖品!"

亨莉耶特、托比亚斯和班尼狗一起来到游园会上。他们一同来到碰碰车旁。

"我觉得这个一点儿也不好玩,"亨莉耶特说,"我会感到头晕恶心,而且我的发卷会变得乱糟糟的!"

很快,他们就来到鬼屋。房子的外面布满了各种各样的怪兽,它们不停地转圈,嘴巴还一张一合的,制造出恐怖的声音。

"我们坐在一节车厢里,好不好?"亨莉耶特问。

"好的,"班尼狗说,"需要我握住你的前腿吗?"

"我真的不害怕哦!"亨莉耶特说,"只不过是大家一起比较热闹罢了!"

可是小车才刚刚启动,她就尖着嗓子叫了起来。

"还没正式开始呢!"班尼狗说。

"我知道,"亨莉耶特说,"可是尖叫也是玩鬼屋的一部分嘛。"

鬼屋里一片漆黑。半空中不时掉下一个怪兽,突然扑到他们面前,还有一些古怪的绳子从他们的头顶上方蹭过,让他们觉得自己好像行走在蜘蛛网上一样。

"你们觉得哪个怪兽最可怕?"小车驶出鬼屋时,托比亚斯问道。

"牙齿上沾着血迹的吸血鬼!"班尼狗喊道,"你呢,亨莉耶特?"

"呃,"亨莉耶特说,"我不知道。"

"哈!"班尼狗喊道,"一点儿也不奇怪。整个过程中,你一直用前腿捂着眼睛!"

"不是的!"亨莉耶特说,"我们去玩射球游戏吧!"

他们三个一同丢球,努力把球砸向易拉罐。只有班尼狗打中了。"你挑一份漂亮的奖品吧!"管射球游戏的小狗说道。

"上一回,我把奖品送给了亨莉耶特,"班尼狗说,"这一次你来挑吧,托比亚斯!"

托比亚斯挑了一根很大的骨头糖。糖简直和他一般大。

"等我们准备回家的时候再来取吧!"班尼狗说。

"现在可以去吃棉花糖喽!"等他们玩过旋转木马后,托比亚斯喊道,"我真想尝尝那玩意是什么滋味!"

他们来到卖棉花糖的小车跟前。一只样貌滑稽的小狗正在那里工作。"他长得跟棉花糖一样!"班尼狗轻声说。

他们举着棉花糖,坐上了摩天轮。他们转到了很高的天空中。

"太美了!"班尼狗喊道,"从这里可以看见整座城市!"

"我觉得有点恶心!"亨莉耶特回到地面上的时候说,"我要吐了。"

"没关系,"班尼狗说,"那是因为我们转了很多圈圈,还吃了甜甜的棉花糖!"

亨莉耶特的脸色不太好。

"我们送你回家!"托比亚斯说,"我把骨头糖送给你,作为安慰。"

"你真好,"亨莉耶特说,"可是我再也见不得甜的东西了!"

气象预报员

"你长大了想要做什么，班尼狗？"托比亚斯问。

"我还不知道呢。"班尼狗说，"跟救助小动物相关的职业吧。也许我会当一名消防员。"

"你呢，亨莉耶特？"托比亚斯问。

"我想要出名。"亨莉耶特说。

"出名不是一种职业，"班尼狗说，"你想要靠做什么出名呢？"

"电视上的工作，"亨莉耶特说，"无论做什么我都无所谓，只要不太难就行了。气象预报员好像是一份不错的职业。对了，我长大了要当新闻里的气象预报员！"

"那你先得学会预测天气，"托比亚斯说，"如果你预测得不对，大家就会生气，你也就出不了名了！"

"我们可以先试一试，"班尼狗说，"就像我们上一回做电视机一样，拿一个旧纸箱，在上面开一扇小窗户。然后，亨莉耶特就可以当气象预报员了！"

"我先梳一梳我的头发，"亨莉耶特说道，"上电视的时候，一定得是漂漂亮亮的！"

亨莉耶特打扮了一番。等她准备好了之后，班尼狗带头爬进了纸箱。

"女士们、先生们，现在播放新闻，"他说，"又到了播报天气的时间了！今天为您预报天气的是新来的气象预报员亨莉耶特。"

于是，亨莉耶特爬进纸箱里。她甩了甩头上的卷发，甜甜地笑了。"亲爱的观众们，晚上好，"她说，"现在为您播报今天晚间、明天和后天的天气情况。短暂的晴天过后，海上的乌云朝我们飘了过来。乌云飘过的时候可能会下雨，局部地区还可能出现浓雾。请小心开车！"

"还真像那么回事，"班尼狗说，"至于说得对不对嘛，我们就得等着瞧了。"

"当然了，我现在还不怎么在行，"亨莉耶特说，"不过我会到气象学校去学习预测天气。到那时候，我就会变成真正的气象预报员了。"

"你还有很多要学呢，"托比亚斯说，"外面只有太阳，没有乌云！我们到花园里去玩吧！"

他们朝着屋外跑去。突然，托比亚斯停住了脚步。"这是什么东西？"他说，"好像是雨滴！"

"我说过了，可能会下雨。"亨莉耶特说。

"我不相信！"班尼狗说，"快看天上！"

他们三个一同笑了起来。托比亚斯正站在晾衣绳下面。绳子上挂着妈妈刚刚洗完的衣服，

还是湿嗒嗒的呢。

"瞧见了吧,"亨莉耶特说,"对于我们气象预报员来说,这就叫作班尼狗家花园里的局部阵雨!"

忘记

"今天家里有客人要来,"奶奶说,"我想,我还是做一个香喷喷的骨头蛋糕吧!"

"我能帮忙吗?"班尼狗问道,"我很能干的。"

"当然了,"奶奶说,"我们先到超市去买点东西。你能把我买菜用的小推车推过来吗?"

他们一起来到超市里,奶奶在一个柜台前站住了脚。"我们要做什么东西来着?"她说,"我忘记了。"

"骨头蛋糕!"班尼狗喊道,"你怎么会忘记了呢?"

"年纪大了就会这样,"奶奶说,"年纪一大就会变得健忘。不过我已经想起来了。做骨头蛋糕会用到面粉。"

"当然还有骨头!"班尼狗说。

他们来到鲜肉区,买了一大袋骨头。走到收银台前时,班尼狗把所有的东西放到传送带上。

"您需要积分吗?"收银台里的服务员问。

"不需要。"奶奶说。

"一共是12块3角5分。"

奶奶拿起提包,她惊呆了。"我的钱包不在里面。一定是我忘记带了,放在家里了。"

"我去取,"班尼狗说,"你留在这里等我。"他跑到奶奶的家里,几分钟后,便带着钱包回来了。

"你真是一个好小伙子。"奶奶说。她付钱买了东西,然后和班尼狗一同回家。

回到家里,他们从小推车里把所有的东西都拿了出来,然后动手做起了蛋糕。奶奶开始筛面粉。"哎呀!"她说,"我忘记了几样东西!黄油,还有葡萄干!"

"我这就到超市去,"班尼狗说,"你确定别的东西全都买到了吗?"

为了确认,奶奶翻开了烹饪书。她把原材料的清单读了出来,凡是家里有的东西,她就在后面画一个叉叉。"如果你能把黄油和葡萄干买回来的话,我们的材料就齐了!"她说。

班尼狗飞快地跑去商店。等他回来之后,他们就真的可以动手烤蛋糕了。他们先拍面粉,再一起揉面团。

"把葡萄干倒进来。"奶奶说着,把面团装进一个大号的烤盘里。随后,他们在上面撒上了一层喷香的小骨头。

"把烤箱打开,"奶奶说,"小心一点哦,它可烫了!"

"蛋糕得烤多久?"班尼狗问。

"一小时十五分钟,"奶奶说,"不过我忘记了……"

"噢,不,"班尼狗说,"你又忘记什么东西了?"

"我忘记告诉你我有多爱你了!"奶奶笑了起来。她紧紧地拥抱了班尼狗。"到外面去玩吧。等蛋糕做好了,我会叫你的!"

学校旅行 1

今天，班尼狗要跟着学校去旅行。

"我会送你上车的，"妈妈说，"准备好你的背包了吗？小骨头饼干和水是不是都带好了？"

"我想带上我的球，"班尼狗说，"你知道它在哪儿吗？"

"不行，"妈妈说，"我们必须抓紧时间，要不然就赶不上汽车了。一定别的小狗带球的。"

她把班尼狗装在自行车的前筐里，飞快地骑向学校。

学校里已经聚集了很多同学的爸爸、妈妈。班尼狗班里所有同学都在兴奋地交谈着。班尼狗看见了亨莉耶特的妈妈。托比亚斯和他的妈妈也早就到了。

聪敏老师正站在汽车门口。她的手里拿着一份名单，名单上写着所有小朋友的名字。她伸出前腿，清点人数。"我们还少两只小狗。等他们来了，我们就可以出发了。"

"滴滴！"一辆小汽车从拐角处开了过来，方向盘的后面坐着一只贵宾犬。那是彼得的爸爸，他正送他的儿子来学校。

"对不起，我们迟到了。"他说。这时，聪敏老师的手机响了。

"我是聪敏老师……噢，太糟糕了……是的，我理解……祝他早日康复！"

"刚才来电话的是马科斯的妈妈，"老师说，"马科斯吃坏肚子了，只好待在家里。所有小狗都已经到齐了！我们出发吧。"

所有的小狗一窝蜂地往车上挤，因为他们全都想坐在最后一排的大长椅上。从那里，可以看见车后面的风景。

"不要挤！"聪敏老师喊道，"每个人都有座位！"

等她把所有的小狗又数了一遍之后，汽车的门便关上了。车子缓缓地开动，所有的爸爸、妈妈们都不停地朝汽车回首。

托比亚斯妈妈的脸颊上滑过一滴泪珠。"是不是很傻？"她对班尼狗的妈妈说，"每到分离的时候，我总是忍不住要哭！"

汽车里的声音简直震耳欲聋。所有的小狗都不停地喊叫、喧闹，直到麦克风里传来一个声音。

"三乘三得九，谁是小歌手！"司机说道，"谁敢到前面来为我们唱一首歌？"

一开始，谁也不敢唱。这时，亨莉耶特喊了起来："我可以唱一首歌！"她蹦蹦跳跳地跑到前面，唱了起来。

"我非常高兴，
尾巴不停摇。
耳朵竖高高，
放屁听不着。"

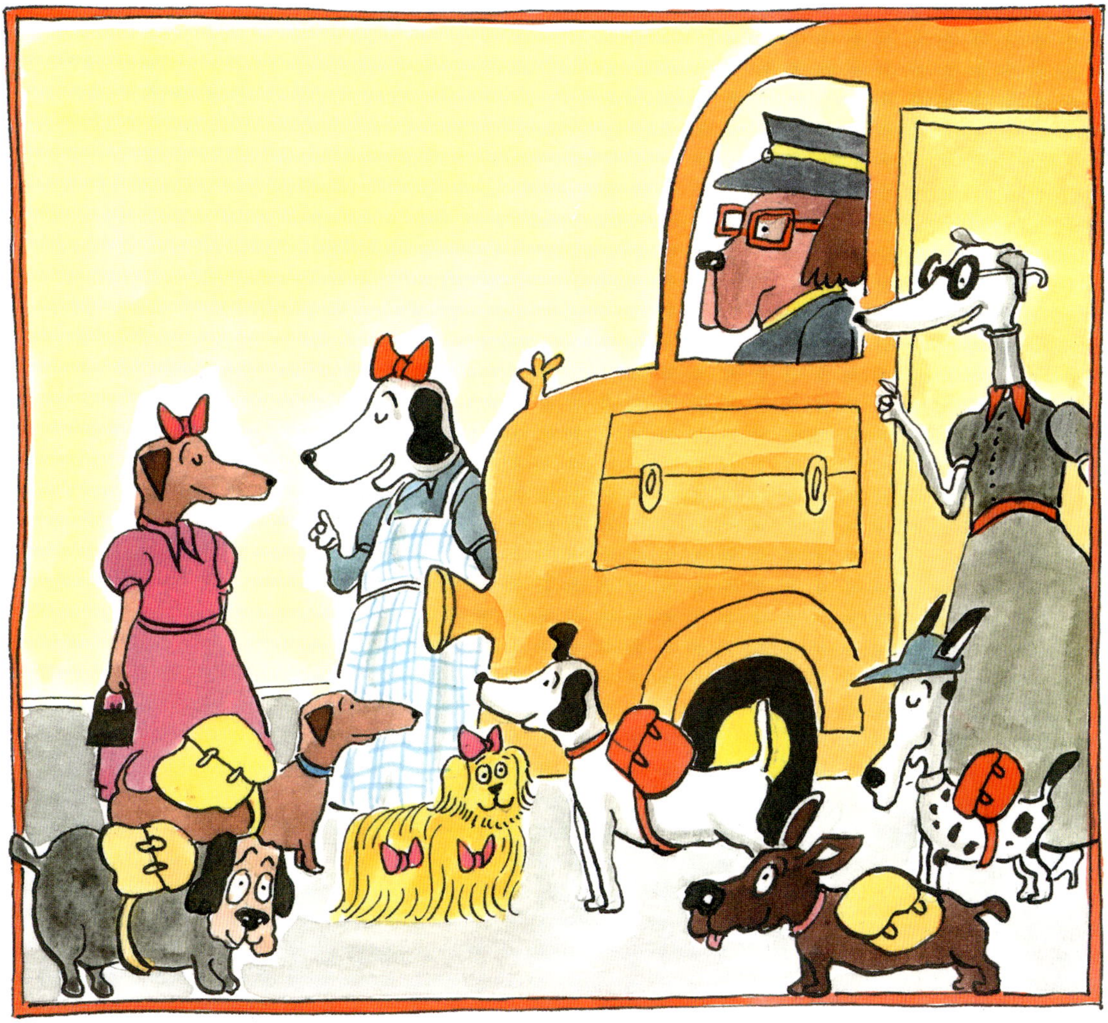

所有的小狗听完亨莉耶特的歌后,哄堂大笑起来。这下儿,别的小狗也敢唱歌了。有了歌声,旅程就显得不那么漫长了。

"我们就快到了!"司机唱道,"已经可以从远处看见游乐场里的摩天轮了!"

"真漂亮!"班尼狗喊道,"我们会一起去那儿吗?"

"全班一起去!"聪敏老师说,"不过我们先去吃一个冰淇淋!"

学校旅行 2

"我们到啦!"聪敏老师喊道。司机把汽车开进停车场,然后打开门。

"一个一个下车,不要挤!"聪敏老师喊道,"别忘了带上你们装着饮料和骨头饼干的背包!"

"我想去坐摩天轮!"亨莉耶特尖叫起来。

"你不敢的,"托比亚斯说,"你是一个胆小鬼!"

"你居然敢说我!"亨莉耶特说,"懦夫!"

"我们一人一个冰淇淋!"班尼狗说,"就在冰淇淋车那里!"

冰淇淋车上挂着一块牌子,上面写着各种各样的口味,有骨头冰淇淋,有狗粮冰淇淋,有香肠冰淇淋,有培根冰淇淋,有爪子冰淇淋,还有罐头冰淇淋。

"我简直不知道该选哪一个了。"亨莉耶特说。

"每个人可以选两个球。"老师说。

当所有人都拿到冰淇淋后,大家全都安静了下来,乖乖地把冰淇淋吃了个精光。最后一个吃完的是托比亚斯。

"我的牙齿觉得很冷,"他说,"我不能吃得太快!"

等托比亚斯也吃完后,所有人一同走进大门。聪敏老师给全班都买了票。他们可以在里面待上一整天,什么都可以玩。那里有旋转木马,有摩天轮,有过山车,还有很多很多别的东西。

"我们先去坐摩天轮,"老师说,"你们可以三个一组,坐在一格里。一个一个地上!"

"我们三个一起。"班尼狗对托比亚斯和亨莉耶特说。

他们一起爬进一个粉红色的格子里。一条身材壮实的狗走过来,把他们的格子关上了。他是摩天轮的工作人员。随后,摩天轮往前转了一丁点,好让排在后面的狗狗也坐上来。

"我们转得好高啊!"亨莉耶特说。

"这才不算高呢!你朝上面看,我们会一直升到那个地方呢。"托比亚斯说。

他们不断地升高。"已经可以看见周围的树了,"班尼狗说,"可是我们才升到一半的高度!"

"我觉得这里已经够高的了!"亨莉耶特说道。

可是摩天轮还在继续转,越转越高。"我不敢看了!"她喊了起来。

"看吧!"托比亚斯说,"我早就说过了!"

"等我们回到地面上你再说!"亨莉耶特说,"到时候我又可以睁开眼睛了。"

摩天轮越转越快。

"太惬意了!"班尼狗喊道,"等我们转到最高的地方,我就可以看见我们的家了!"

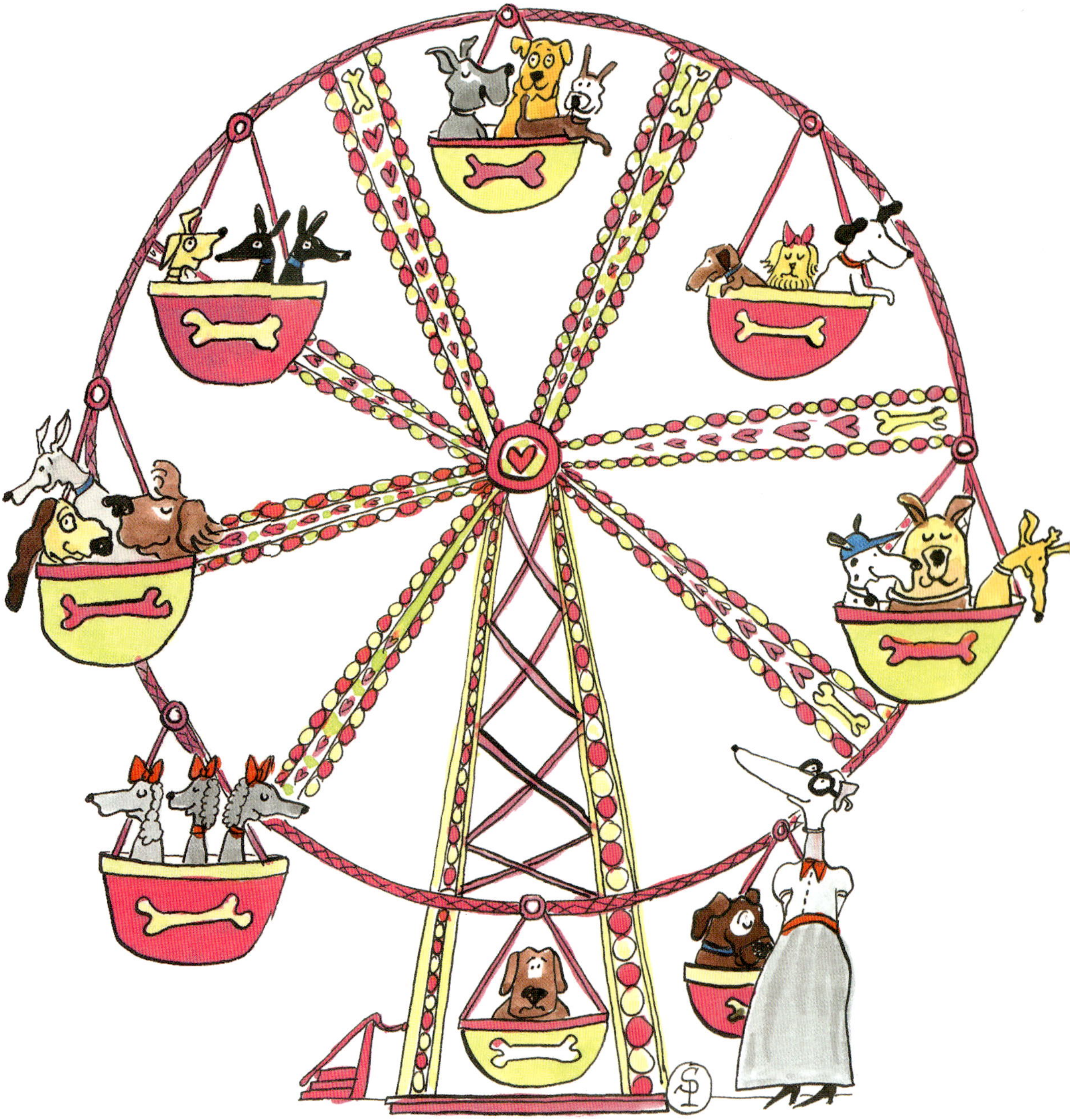

过了一会儿,摩天轮停了下来,然后换了一个方向继续转动。

亨莉耶特睁开眼睛。

"你在干什么?"班尼狗问,"你不是觉得很害怕吗?"

"我还是想试一试。"亨莉耶特说。

成功啦。她一直睁着眼睛,甚至摩天轮转到最高处时,她的眼睛依旧睁得大大的。

"你真是一个英雄!"班尼狗说,"你说是不是,托比亚斯?"

可是托比亚斯一声也不吭。他正簌簌发抖。

亨莉耶特摸了摸他的鼻子。"你的鼻头很干,"她说,"你是不是不舒服?"

"我有点恶心。"托比亚斯说,"我想出去!"

班尼狗用力地朝地面上的老师挥手。

"老师,托比亚斯生病了!"他喊道,"他想要出去!"

老师向工作人员示意了一下。

等他们的格子转到下面时,工作人员停下摩天轮,让托比亚斯走出来。

"我们跟你一起下去。"班尼狗说。

他们刚一回到地面,托比亚斯便吐了起来。

"你安安静静躺一会儿吧。"聪敏老师说。

过了一会儿,托比亚斯觉得舒服多了。

"来吧,孩子们!"老师说,"这里还有很多能玩的呢!"

一整个下午,他们不停地蹿上蹿下,坐了旋转木马,坐了毛毛虫,坐了过山车,还去了一个十分吓人的鬼屋。

托比亚斯寸步不离地待在老师身边。"看你们玩也挺好的。"他说。

"到时间回家了。"夜幕降临前,聪敏老师说。回家的路上,汽车里比之前安静多了。唯一听得见的声音便是此起彼伏的呼噜声。

蚊子

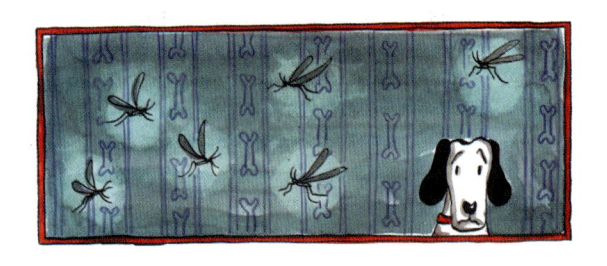

"我肯定睡不着的。"班尼狗抱怨道。

"试一试吧。"妈妈说。她亲了亲班尼狗。

"天太热了,没法睡,"班尼狗说,"再说,我要是醒着,就可以留在客厅里陪你啊!"

"安安静静地躺一会儿,"妈妈说,"好好休息一会儿。脑子里想想沙滩,想想清凉的海风吹过你的耳朵,那样,你就会觉得凉快一些,自然而然就睡着了。"

等妈妈把门关得只剩下一条缝,走下楼梯后,班尼狗找了一个舒服的姿势躺下身子。他在床上翻来覆去。过了一会儿,他一脚把被子从床上踢了出去。这下儿,床上只剩下一个光秃秃的垫子了。他闭上眼睛,想象自己在沙滩上,周围吹着清凉的海风。可是风突然发出了奇怪的声响。

"嗡嗡嗡嗡嗡嗡!"风低声哼鸣起来。

班尼狗睁开眼睛。那个声音不是他脑子里幻想出来的,而是真真切切地在屋里飞来飞去。原来是一只蚊子!

这么一来,他彻底睡不着了。他从床上蹦了下来,看看蚊子是不是落在墙壁上了。可是无论哪里都看不见蚊子的踪影。直到他抬起头来的时候,他才发现了它。它正停在天花板上!班尼狗怎么也够不到那么高的地方。可是他想到了一个办法。如果想要抓住它,就必须先把它骗下来。

班尼狗蹑手蹑脚地回到床上躺下,假装自己睡着了。刚开始的时候,屋里一点动静也没有。可是没过多久,他便听见蚊子的声音离自己越来越近了。

"嗡嗡嗡嗡嗡嗡!"蚊子哼鸣着。声音越来越响。蚊子已经飞到了班尼狗的脑袋旁边。

班尼狗不露声色地睁开眼睛,一动也不动。蚊子落到了他的鼻子上。班尼狗斜着眼睛看着它。他慢腾腾地抬起有前腿,然后……啪!他用力地打在自己的鼻子上。

"哎哟!"他喊了起来。就在这时,那个熟悉的声音又回来了:"嗡嗡嗡嗡嗡嗡!"他没有打中蚊子!

"你就不能安安静静地飞,不发出动静吗?"他大声地对蚊子说。

可是蚊子回答说:"嗡嗡嗡嗡嗡嗡!"

为了不受蚊子的噪音滋扰,班尼狗把地上的被子捡起来,拖回到床上。用它捂住耳朵。他再也听不见蚊子的声音了,可是他变得透不过气来了。于是,他掀起被子的一角,露出鼻子,刚好能让他透气。

　　被子里非常热,可是他再也听不见蚊子的嗡嗡声了。班尼狗想象着沙滩和凉爽的风。渐渐地,他进入了梦乡。

　　到了早晨,妈妈来叫班尼狗起床。她发现班尼狗全身盖着被子,只露出一个黑漆漆的小鼻子。"醒一醒。"她轻声说。她掀开被子,亲吻了班尼狗。

　　"我的鼻子很痒。"班尼狗说。

　　"我猜,你是被蚊子叮了。"妈妈说。

　　班尼狗的鼻尖上长出了一个蚊子包。

　　"真是一个讨厌的家伙!"班尼狗说,"要是它今晚还在的话,我一定要把它抓住!"

泥肚子

"天气真热啊,是不是?"亨莉耶特在太阳底下喘着粗气,"热得我都没有力气玩了!"

"别再抱怨了,"班尼狗说,"我们来玩跳马吧。"

"那我来当马吧,"亨莉耶特说,"至少,我可以站着不动。"

托比亚斯和班尼狗走到离她很远的地方,然后开始助跑。

"把头低下去!"班尼狗一边喊,一边蹦起来,在亨莉耶特的后背上翻了一个空翻。

托比亚斯紧跟着也做了同样的动作。

"比比谁先累趴下!"他一边喊,一边重新起跑。他们就这样,一连在亨莉耶特的后背上蹦了二十回。

托比亚斯的舌头耷拉在外面,而班尼狗则用牙齿紧咬着上唇。他们两个全都上气不接下气。

"你们两个都累了!"亨莉耶特喊道,"现在知道天气太热了,玩不动了吧?"

"我们怎么才能降降温呢?"托比亚斯问。

"爬到冰箱里去。"亨莉耶特说。

"别瞎说,"班尼狗说,"你会被冻死的!"

"或者吃很多很多冰淇淋。"托比亚斯说。

"用不着,我知道一个更好的办法,"班尼狗说,"做泥肚子!"

"什么是泥肚子?"亨莉耶特问。

"我做给你们看,"班尼狗说,"我们先要找一个不太深的水坑。"

"这可不容易。已经好几天没有下过雨了。"托比亚斯说。

"总是能找到的,"班尼狗说,"那儿就有!现在看我的。"班尼狗一脚踏进水坑,然后倒在里面。他的肚子上沾满了水,随后,他不停地扭来扭去。

"现在四脚朝天地躺着,在太阳底下晒干,"他说,"有了这个泥肚子,就会觉得十分凉快了!"

于是,托比亚斯也踏进水坑里,然后躺在太阳底下等着泥巴晾干。

"该你了,亨莉耶特!"

"那我漂亮的卷毛怎么办?"亨莉耶特问。

"这恰恰对你的毛皮有好处,"班尼狗说,"有些狗还特地到美容院里去洗泥疗浴呢。"

一听到这儿,亨莉耶特忙蹦到水坑里,使劲地在泥里打滚。

"我们应该改个名字,"班尼狗笑着说,"我们不能再叫亨尼托了,而应该改名叫泥肚子三侠!"

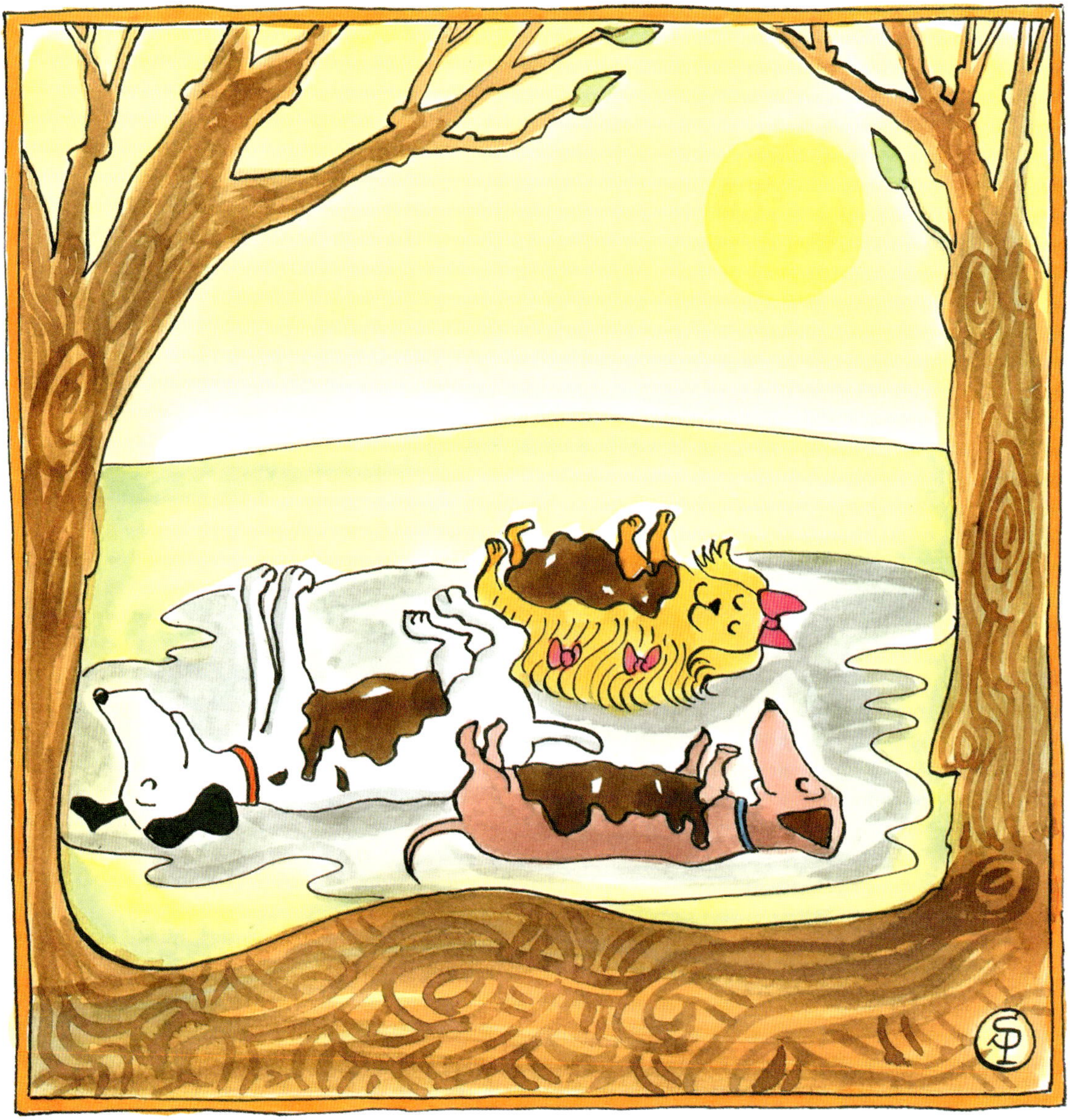

糖纸

"你们为什么不到外面去玩呢？"妈妈问，"今天是假期，可是你们却无精打采地坐在这里，什么事也不干。"

"我不喜欢下雨天。"亨莉耶特说。

"而且我很累。"托比亚斯说。

"再说，我不想玩。"班尼狗说。

"这样的假期不能就这么浪费了，"妈妈说，"我给你们做一些饮料好不好？说不定你们一喝上饮料就会有精神了。"

"柠檬汽水外加小糖果！"班尼狗说。

妈妈做了柠檬汽水，又拿出一盒新买的糖果。他们每人都可以挑一颗。

"好漂亮的颜色啊！"亨莉耶特喊道。

"我们怎么才能知道不同颜色的纸包着的糖果分别是什么味道的呢？"托比亚斯问。

"盒子里有小纸片，上面全都标明了，"班尼狗说，"紫色的是意大利腊肠味的！黄色的是炖肉味的！"

"我觉得裹着粉红色糖纸的最漂亮！"亨莉耶特说，"我就要那个！"

"那个味道很像午餐肉！"班尼狗说。

"我要包着蓝色糖纸的！"托比亚斯说。

"这是羔羊肉加米饭。"班尼狗说。

"你要哪一个呢？"亨莉耶特问。

"我要黄色的，"班尼狗说，"我最喜欢吃炖肉了！"

"嘻嘻！"亨莉耶特拆开糖果，把糖纸举到眼睛前面，"整个世界都变成粉红色的了！"

"能让我看看吗？"托比亚斯问。他们挨个儿举着亨莉耶特的糖纸看了看。

"真漂亮，粉红色的世界！"班尼狗说。

"哈！"托比亚斯喊道，"你要是透过我的糖纸看，就会发现整个世界好像全都结冰了。"

"看上去就像北极！"亨莉耶特一边透过蓝色的糖纸看着外面，一边说。

"太阳出来了！"班尼狗说，"雨停了。"

"根本没有。"托比亚斯说。

"你透过我的糖纸看一看就知道了。"班尼狗说。

"喔喔喔，天气真好啊，太阳出来了！"托比亚斯一边举着班尼狗的黄色糖纸看啊看，一边说。

"如果把你的糖纸和我的叠在一起，那会怎么样呢？"亨莉耶特问班尼狗。

"所有的东西都会变成橙色的！"班尼狗一边喊，一边把粉红色的纸叠到黄色的上面。

"再用黄色的纸加上蓝色的试试。"托比亚斯说。

"喔喔喔，我好像来到了森林里，周围全是绿色的！"

"你们在做什么?"妈妈问。

"我们在用糖纸变魔术,把世界变成各种不同的模样。"班尼狗说。

"真是个滑稽的游戏,"妈妈说,"雨好像停了,你们可以到外面去玩了!"

"玩捉迷藏吧!"亨莉耶特说,"班尼狗来找!"

他们三个争先恐后地跑了出去。

博物馆的滴滴声

今天,奶奶和班尼狗一起去博物馆。他们要坐电车去。

电车里所有的座位全都坐满了。看在奶奶年纪比较大的分上,一只小狗站起身,把靠窗的座位让给了奶奶。班尼狗便坐到了奶奶的腿上。

"你来摁按钮吧。"过了好一阵子,奶奶说,"我们下一站就要下车了!"

博物馆有两座高高的塔楼,从远处看,就像

一座巨大的城堡。有一只狗坐在入口处的柜台后边。"我要两张票。"奶奶说。

柜台后面的小狗仔细地打量了一下班尼狗:"你几岁了,小伙子?"

"五岁。"班尼狗说。

"那么你需要的是一张儿童票。"小狗说。

"我的那张票应该是老年人折扣价。"奶奶说。

他们走进博物馆的大门后,奶奶径直来到衣帽间,把大衣挂在那里。"记得提醒我,我把大衣的号码牌放在我的提包里了。"她说。

"我们先去看那副巨大的骨骼,好不好?"班尼狗问。博物馆里有几个大厅,专门摆放着死了很久的动物的骨架。

"想象一下它们被厚厚的毛皮覆盖着的样子。"当他们来到一个巨大的骨架跟前时,奶奶说,"他们一定很大,很危险!他们一口就能把我们吃掉,就像我们吃狗粮一样!"

看完了大骨架,他们来到几个很大的展厅。那里面挂着最最美丽的油画。油画上的东西栩栩如生。画得多美啊!

有一副油画画的是一只奔跑的小狗。他正跑过一个雨水积成的水坑。他的每一根毛发和每一滴溅起的水珠都清晰可辨。

"真厉害,"奶奶说,"这只狗简直像是要从油画里蹦出来了一样!"

班尼狗踮起脚尖,想要看得更清楚。"真漂亮!"他说。

可就在这时,响起了刺耳的声音,听上去就像消防车发出的声音。

"滴滴滴!"

一只穿着制服的狗朝着班尼狗和奶奶走了过来。"这里是不允许过于靠近油画的,"他说,"我们担心它们会受到损坏。你们看,地上有一条线,你们不能越过这条线。"

"抱歉,"奶奶说,"我们会站在这条线的后面的。"

他们一同观赏了很多漂亮的东西。等看够了之后,奶奶想要到餐厅去休息一会儿。班尼狗得到了一根香喷喷的香肠。他蹦到奶奶的腿上想要感谢她。

"滴滴滴!"奶奶大声地喊了起来,"不要离我太近了,我又老又易碎!"

班尼狗止不住笑了起来,然后拥抱了奶奶。

最喜欢的颜色

"你最喜欢的是什么颜色？"班尼狗问托比亚斯。

"我不知道，"托比亚斯说，"我什么颜色都喜欢。"

"你必须选一种，"班尼狗说，"选一个你最喜欢的。"

托比亚斯思考了很久，然后说："绿色！"

"什么样的绿色？深绿、草绿、还是苹果绿？或者是松树那样的蓝绿色？"

"你把问题弄得太复杂了，"托比亚斯说，"就是一般的绿色。"

"绿色怎么了？"亨莉耶特问道。她正朝着班尼狗和托比亚斯走来。

"我们正在讨论自己最喜欢的颜色，"托比亚斯说，"至于你的，我就不用问了，一眼就看出来了！"

"你们一定以为是粉红色，"亨莉耶特说，"可实际上不是这样的。我觉得另外一个颜色比它漂亮多了！"

"哪一个？"班尼狗问。

"你们猜，"亨莉耶特说，"谁猜对了就可以亲我一口！"

"是蓝色！"托比亚斯喊道，"不对，不对，是橙色！"

"错！"亨莉耶特喊了起来。

"红色。"班尼狗说，"不对，紫色！它跟粉红色很相配！"

亨莉耶特摇摇头。

"如果我们猜的和答案很贴近的话，你就说'近'，"托比亚斯说，"如果一点儿也不相关的话，你就说'远'。"

"棕色或者黑色！"班尼狗说。

"远。"亨莉耶特说。

"黄色，或者跟我一样，绿色。"托比亚斯说道。

"远！"亨莉耶特嚷嚷起来，"你们永远也别想猜对！"

"灰色，白色或者黑色！"班尼狗说。

"我想我猜到了！"托比亚斯说，"是金色或者银色，它们是公主们最喜欢的颜色！"

"远！"亨莉耶特咯咯地笑了起来，"我已经说过了，你们永远也猜不到！"

"我们放弃。"托比亚斯和班尼狗说，"你公布答案吧！"

"它是水的颜色，是玻璃的颜色，也是钻石的颜色。"亨莉耶特说，"我最喜欢的颜色就是透明色！"

"透明色？"班尼狗说，"它根本不存在，它不是一种颜色！"

"所以它才那么漂亮啊！"亨莉耶特说。

"白痴!"托比亚斯咕哝起来,"透明色不能算!我们还是可以亲你一下!"

"亲吧,"亨莉耶特说,"这一回就算你们对。"她闭上眼睛,露出厌恶的表情。

班尼狗和托比亚斯分别在她的两边脸蛋上亲了一口。

"那么你最喜欢的颜色是什么呢?"托比亚斯问班尼狗。

"这个不难回答,"班尼狗说,"浅棕色,外加深棕色的边缘。也就是刚出炉的小骨头点心的颜色!"

雨淇淋

"雨的味道真好闻,"妈妈说,"夏天的雨水闻起来就像是潮湿的花朵和树叶!"

班尼狗把鼻子探到半空中嗅了嗅。

"我不明白你的意思,"他说,"闻起来有一点像茶的味道!"

"你又可以去水坑里玩了!"妈妈说,"然后你就会觉得凉快了!"

班尼狗冲到外面,扑通跳进一个雨水积成的大水坑里。他把肚皮贴着地,不断地蹭来蹭去。然后,他翻了个个儿,四脚朝天地躺在坑里。

唔!水坑里真舒服啊!

不一会儿,班尼狗跑回屋里。"把脚擦干净!"妈妈喊道。

"我能要几个高脚塑料杯吗?"班尼狗问。

"你要用它们做什么?"妈妈问。

"我有一个有趣的想法!"班尼狗说,"一会儿告诉你。"

妈妈给了他四个塑料杯子,班尼狗把它们在人行道上摆成一排。他等了好一会儿,直到四个杯子里全都盛满了雨水。然后,他小心翼翼地把它们端起来,一个接一个地拿到屋里。

"能给我四根小木棍吗?"他问妈妈。

"我有木头勺子,"妈妈说,"可以吗?"

班尼狗把勺子放进装着雨水的杯子里。

"既然夏天的雨水这么好闻,"班尼狗说,"那么夏天的雨淇淋一定也很好吃。只要把这几个小杯子装进冰箱的冷冻室里,我们一会儿就可以吃到雨淇淋了!"

"真是一个好主意,"妈妈说,"我很想知道它们会是什么味道!"

"我去给托比亚斯和亨莉耶特打电话。"班尼狗说,"他们也可以过来尝一尝。"

"有什么惊喜?"亨莉耶特问。

"再等一会儿。"班尼狗说。

"我想,它们应该已经成型了。"妈妈说。她把四个杯子从冷冻室里拿了出来,把它们举到水龙头底下,一边旋转,一边用热水冲了冲。

"喔喔喔!"亨莉耶特说,"冰淇淋!"

"太好了!"亨莉耶特说,"它们是什么味道的?"

"夏天的雨水,"班尼狗说,"这些是夏天的雨淇淋!"

他们四个各自舔了一下。

"我觉得还不错,"亨莉耶特说,"可是我的冰淇淋什么味道也没有。"

"我的冰淇淋也没什么味道。"托比亚斯说。

"你们必须好好品尝,"班尼狗闭上眼睛说道,"我明明尝到了夏天雨水的味道!"

"有些东西的气味和实际的味道相差很远,"妈妈说,"下一回,我们往里面浇上一些柠檬糖浆。想想看,那样的冰淇淋该有多么好吃啊!"

沙滩

亨莉耶特明天要去度假了。今天是她最后一次来班尼狗家玩耍。稍后,她就要回家和爸爸妈妈一同整理行李了。

"我们到沙滩上去,"班尼狗的妈妈说,"你们可以在那里自由自在地游泳!"

"喔耶!"班尼狗喊了起来,"我要带上奶奶刚送给我的新风筝!"

他们来到沙滩上,妈妈把带来的所有东西全都掏了出来。她把一块很大的布铺在地上,撑起一把遮阳伞,然后躺在阴凉的地方。

"我带了我的滑板!"班尼狗说。

"这里根本没法滑啊!"亨莉耶特说。

"靠近海水的地方可以滑,那里的沙子比较硬,"班尼狗说,"不过我先要把我的风筝放上天。"

幸亏今天的风很大。很快,风筝就飞到了高高的空中。

"帮我拉一会儿绳子!"班尼狗一边说,一边把绳子递给亨莉耶特。同时,他取来滑板,站到了滑板上。"把绳子还给我吧!"班尼狗说。

起初,他站着没有动。后来,一阵剧烈的风把风筝吹了起来,而班尼狗也被风拖走了。他沿着海边滑了很长一段路。

"你也要试试吗?"他问亨莉耶特。可是亨莉耶特一个劲地摇脑袋。"太可怕了!"她说,"我更愿意盖沙堡!"

他们用前腿把沙子堆得高高的,然后用小桶和小模具做了一个漂亮的尖塔。

"我们得把它做成一座公主住的城堡,"亨莉耶特说,"屋顶上盖满贝壳!"

等城堡盖完后,他们还在城堡的周围挖出了一条运河,往里面灌上海水。

"真是一座美丽的城堡啊!"妈妈说,"不过,是时候该回家了。再到海里去游一会儿吧,等你们的身上干了之后,我们就回家!"

他们回到家里之后,亨莉耶特突然变得十分沮丧。

"发生什么事了?"班尼狗问,"你觉得沙滩不好玩吗?"

"我不想走!"亨莉耶特撅着嘴说。

"你是什么意思?"班尼狗问。

"我不想去度假了!"亨莉耶特说,"我想留下来陪你和托比亚斯。"

"可是度假很有意思啊。"班尼狗说。

"等一会儿妈妈来接我的时候,我就躲起来,然后你告诉她你不知道我在哪儿!"亨莉耶特说。

"这可不行,"班尼狗说,"真的,你相信我,假期会非常有意思的。"

不一会儿,门铃响了。班尼狗的妈妈打开门。"亨莉耶特,你的妈妈来了!"她喊道。

亨莉耶特跟在班尼狗身后,不情愿地来到门口。

"你为什么闷闷不乐?"亨莉耶特的妈妈问。

"我讨厌度假!"亨莉耶特说,"我想陪着班尼狗!"

"我们每个星期都给班尼狗寄一张明信片,"她的妈妈说,"你还可以给他打几个电话。"

"等假期结束的时候,你会发现,时间过得非常快,"班尼狗说,"然后,只要你愿意,我们就又可以经常一起玩耍了。"他亲了亨莉耶特一下。"假期愉快!"

收拾行李

"不要整天妨碍我！"妈妈喊道。

班尼狗怎么也想不明白。他根本没有妨碍妈妈啊。

"我们明天就要出发去意大利了，今天还有那么多的事情要做！"妈妈叹了一口气，"我还得把行李收拾好。"她匆匆忙忙地在屋里来回走动。她的手里拿着一张纸，纸上写了一长串需要做的事情。

"充气狗窝，这玩意在哪儿？"妈妈问。

"在阁楼上。我去拿！"班尼狗喊道。他飞快地跑上楼，踩着梯子爬到阁楼上。他用鼻子顶开了阁楼上的百叶窗。

哎呀，这里的光线太暗了，班尼狗心里想。一小束光线透过阁楼的窗户照射进来。等班尼狗的眼睛适应了周围的黑暗后，他就可以看清东西摆放的位置了。

班尼狗四处嗅，到处找。他十分确定，妈妈肯定把充气狗窝放在阁楼上了！

他找了好一会儿，终于在一个盒子底下看见了熟悉的条纹花样。他把条纹花样的塑料从盒子底下拖了出来。"找到啦！"班尼狗蹦蹦跳跳地拿着狗窝回到楼下。

妈妈正在楼下急匆匆地来回走动。"带上晒衣夹，"她喃喃自语，"再带上一小根晾衣绳，可以拴在树上！"

"我找到它们啦！"班尼狗兴奋地喊道。

"别打断我的话，"妈妈说，"我脑子里想的事情已经够多的了！"

"可是我找到充气狗窝啦！"

"你找到什么了？"妈妈问。

"找到我们用来睡觉的窝啦！"班尼狗说。

"好样的，"妈妈说，"现在我们得看看狗窝会不会漏气。"

她端来一个装着水的洗脸盆，把它放到地上。然后，她拿起一个狗窝，把阀门塞进嘴里，吹起气来。等狗窝被吹得鼓鼓囊囊后，妈妈拽过洗脸盆，把狗窝从各个方向塞到了水里。

"我最怕的就是这个，"妈妈叹了一口气，"漏气了！"

班尼狗弯下腰，凑到洗脸盆跟前。被妈妈浸在水里的狗窝正在不断地冒泡泡。

"气逃出来了，"妈妈说，"我们得先把漏气的地方粘好，否则我们哪儿也去不了！"她从一个抽屉里拿出一管胶水和一小块橡胶。她剪下一个小圆圈，用胶水把它粘在洞口。

"好的，现在测试一下。"妈妈重新把狗窝吹足气，再浸到水里。

班尼狗看着洗脸盆。"泡泡不见了！我们可以出发啦！"

"可以出发了？"妈妈喊道，"你怎么会这

么想!"

"难道真的还有那么多事要做吗?"班尼狗问。

"我们得把搭帐篷用的支柱分门别类;把毛巾熨烫平整;清点粮食罐头;装上游泳眼镜!"妈妈一边喊,一边匆匆忙忙地跑开了。尽管她跑到了很远的地方,班尼狗依旧能够听见她列举的东西:"带上沙滩上用的遮阳伞,否则我们会中暑的!还有,别忘了带上野餐篮,还得把那里面的盒子和盘子全都洗一遍!"

妈妈上气不接下气地跑进客厅,连舌头耷拉在外面也顾不上了。"你赶快想想,你想带哪些玩具,"她说,"别带太多了,要不然我们的箱子就该合不上了!"

"我可以……"班尼狗问道。可是他的话还没说完,妈妈就已经一溜烟跑到楼上了。

"我还得检查一下,是不是所有的窗户都关好了!"他听见妈妈的喊叫声。

等妈妈回到楼下时,她已经累得瘫倒在一张椅子上了。她大口大口地喘着粗气,一个字也说不出来。

"我们也可以过几天再去啊!"班尼狗说,"那样,你就不用这么着急地跑来跑去了!"

"那可不行,"妈妈气喘吁吁地说,"我们的机票不能改签。"

"那我们先休息一下吧,"班尼狗说,"然后我们再继续收拾行李!"

"我有一个办法!"妈妈说。她拿起遮阳伞,把它撑开放在房间里。"现在,我们两个都戴上太阳镜!"

他们一起坐在遮阳伞下。"先在我们自己的房子里过一个迷你假期。"班尼狗说。他爬到妈妈身旁,紧紧地挨着她。

"我可以舒舒服服地休息一会儿,什么事也不干!"妈妈叹了一口气。

坐飞机

"你只能带上你最最喜欢的东西,"妈妈说,"否则我们的箱子就装不下了!"

"可是我该选哪些东西呢?"班尼狗说,"我担心我会把重要的东西落下!"

"咳,"妈妈说,"我们总是带太多东西出门,所以你不会落下什么的!"

"真可惜亨莉耶特和托比亚斯不能跟我们一起去!"班尼狗说。

"快点儿,"妈妈说,"赶快把你的箱子合上,因为出租车马上就要到了!"

班尼狗的箱子里装了太多东西,差一点就合不上了。"如果我们一起坐在上面的话,它就能合上了。"妈妈说。

滴滴!出租车来了。

"我们要去机场。"妈妈对出租车司机说。

"哟,"司机对班尼狗说,"你和你的妈妈要飞去哪儿呀?"

"去撒丁岛!"班尼狗说,"它在意大利,是一个非常美丽的岛屿!"

"你以前坐过飞机吗?"出租车司机问。

"坐过几次!"班尼狗说,"我还会开飞机呢,我长大了要当飞行员!"

"快看,我已经能望见机场的塔台了!"妈妈说,"天空中有好多飞机呢!"

"那边有一架很大的波音客机!"班尼狗喊道,"等我当上了飞行员,我就要开着那架飞机在天上飞!"

机场里忙忙碌碌的。到处都是提着行李箱的狗。他们之中的一些小狗推着摞满箱子和提包的手推车。他们一定是要去非常遥远的地方。

"再见,勇敢的飞行员!"出租车司机一边把他们的行李从车上拎出来,一边说,"旅途愉快!"

"先看看我们应该去哪儿。"妈妈说。大屏幕上满是城市的名字。就连飞机出发的时间也都能在上面找到。

"在那儿,卡利亚里,那是撒丁岛上的城市,"妈妈说,"9号柜台!"

妈妈和班尼狗手持飞机票,过了海关。随后,他们来到一条长长的通道。通道的地板会动。站在上面不需要走路就可以往前挪动了。"它就像一个平地上的扶梯!"班尼狗喊了起来。

等他们坐上飞机,乘务员向他们展示了如果在天空中遇到故障应该怎么做。"我们祝您有一段愉快的旅途!"她说。

"我们滑起来啦!"班尼狗喊道。他坐在窗边。"越来越快了!"班尼狗的耳朵紧紧地贴着脑袋。这时,他听见飞机的底部传来一阵声响。原来是轮子被收起来了。"我们飞起来喽,我们飞起来喽!"班尼狗说,"下面的东西变得越来越小了,公路上的汽车只有蚂蚁那么大!"

等他们飞到了云朵的上面,乘务员朝班尼狗走来。"你想要到驾驶舱去看看吗?"她问。

"好啊!"班尼狗喊道。

他们一直走到飞机的最前端。乘务员打开一扇门。"请进。"飞行员说。驾驶舱里有上千个按钮。有一些按钮的上面还有可以自由开关的灯。透过窗户可以看见外面洁白的云朵。它们就像白雪一样美丽!

"你觉得怎么样?"飞行员问。

"美丽极了!"班尼狗说,"我决定了,等我长大了,我也要当飞行员!"

露营

"我要去露营了。"托比亚斯对他的妈妈说。

"可是你还太小,不能一个人睡在户外的帐篷里。"她说。

"你完全不用担心,"托比亚斯说,"我就在班尼狗家的花园里!"

"去吧,"妈妈说,"带上暖和的被子,因为每到半夜,天气就会变得很冷!"

托比亚斯拿起床上的被子,把它塞进背包。"明天见!"他喊道。

当他来到班尼狗的家时,班尼狗已经在花园里了。他正在和亨莉耶特一起搭帐篷。

"你来了实在太好了,托比亚斯,"班尼狗说,"你可以来帮我们的忙啦。我拿着这跟支柱爬到帐篷里去,把后面撑起来。你们得稳稳地扶住前面!"

等帐篷搭完后,三个小伙伴一起来到屋里。班尼狗的妈妈在厨房里。她做了许多香喷喷的食物,把它们全都装进一个很大的野餐篮。

"即使住帐篷,你们也需要吃东西,"妈妈说,"我为你们准备了明天早上的早餐!"

"赶快想一想我们的东西是不是都带齐了,"班尼狗说,"我们有睡袋,有手电筒,有可以阅读的书,还有玩具和小球!"

"我带了干净的蝴蝶结,还有我的镜子和梳子,用来梳理毛发。"亨莉耶特说。

"到时间说再见了,"妈妈说,"祝你们玩得愉快!"

班尼狗、亨莉耶特和托比亚斯吃了一点东西,又在草地上玩耍了一会儿,天色渐渐地暗了下来。

"是时候到帐篷里去了。"班尼狗说。

"我还是觉得有点可怕。"当他们三个一同躺在睡袋里的时候,托比亚斯说。

"我也这么觉得。"亨莉耶特说。

"没什么好害怕的,"班尼狗说,"因为我们离我家非常近。"

起初,他们躺着聊天。他们聊了很久,后来就渐渐入睡了。

到了半夜,班尼狗醒了过来。有人在拽他的耳朵!

"快醒醒!"亨莉耶特说,"有人拿着一盏灯,站在帐篷外面!"

这下儿,托比亚斯也醒了过来。的确,一束光线照进他们的帐篷。

"我害怕。"托比亚斯发起抖来。

"我去看看。"班尼狗说。可是,就连他的声音也不住地颤抖起来。他小心翼翼地拉开帐篷上的拉链,悄悄地爬到外面。

亨莉耶特和托比亚斯甚至连看一眼都不敢。

不一会儿,班尼狗就回来了,脸上还露出灿

烂的笑容。"根本没什么可怕的!"他说,"快来看哪!"

亨莉耶特和托比亚斯小心翼翼地爬到帐篷外面。他们这才看见亮光是从哪里照射出来的。

原来是圆圆的月亮!

"真漂亮!"他们三个一同叹了口气。

"现在可以安心睡觉了。"班尼狗说。

几分钟后,帐篷里传出了满足的呼噜声。

童话故事

班尼狗在奶奶家借住。这总能让他很开心。他们一起坐电车去了市中心,一起坐了游船,还在百货商店吃到了香喷喷的熏肠。

已经是晚上了。到时间上床了。每晚睡觉前,奶奶总会捧着一本厚厚的童话故事书,给班尼狗读一个里面的故事。

"我像你这么大的时候,我的奶奶也会从这本童话书里挑一个故事,读给我听!"奶奶说。

班尼狗紧紧地挨着她。

"你来挑一个童话故事吧!"奶奶说。

通常,班尼狗会选最长的那个童话,可是,今天他想要听插图最漂亮的那个故事。这是风雪婆婆的故事。图画上的风雪婆婆把枕头举到窗户外面不停地晃,于是外面便下起雪来。枕头里的小羽毛散落下来,就像是白色的雪花!

故事讲完后,奶奶说:"现在我们一起来玩半个童话故事的游戏。"

"半个童话故事?"班尼狗问。

"我再给你读一个童话故事,"奶奶说道,"不过读到一半的地方,我就会停下,然后你得自己把故事编下去。但是不能跟书里一样哦!"

"真好玩,"班尼狗说,"不过我不知道自己行不行!"

"你当然能行!"奶奶说。她开始讲述白雪公主的故事。当然,这个故事班尼狗很熟悉。故事讲到一半的地方,白雪公主刚刚来到七个小矮人的房子跟前,奶奶便停了下来。

"轮到你了。"她说。

班尼狗两眼直盯着天花板。刚开始,他什么也想不出来。忽然,他娓娓地讲述了起来。

"七个小矮人所住的森林里还住着小红帽里的大灰狼,"班尼狗说,"天亮了,大灰狼一夜没有睡好。他揉着眼睛,想要把瞌睡虫赶走,可是他怎么也醒不过来。"

"然后发生了什么?"奶奶问,"这可算不上一个完整的故事。"

班尼狗安静了一会儿,然后继续说。

"七个小矮人中负责买东西的那个小矮人打算去市中心的商店购物。他提着篮子,走进了森林。"

"然后呢?"奶奶问,"太让人紧张了!"

"凶狠的大灰狼从远处看见了买东西的小矮人头上戴着的红帽子,他以为那是小红帽!他偷偷地靠近他,正当他想要一口把小红帽吃掉的时候,小矮人突然转过身来。"

"然后呢?"奶奶问,"大灰狼有没有把七个小矮人中的一个吃掉?"

"没有,"班尼狗说,"小矮人转过身的一刹那,凶狠的大灰狼吓了一跳。小红帽居然长出了长长的白胡子!大灰狼逃走了,从此之后再也

没有回到森林里来。七个小矮人永远幸福地生活在那里!"

奶奶笑了起来。"真是一个有趣的童话故事!"她说,"现在你知道了吧,你自己也可以想出故事来!"

"我们能不能再讲一个?"班尼狗问。

奶奶摇摇头。"到时间睡觉了,"她亲吻了班尼狗,"晚安!"

永远放假

"明天这一切就结束了，"妈妈说，"你又要开始上学了。"她骑着自行车带班尼狗回家。他们在沙滩上度过了一整天的时间。

"这不可能，"班尼狗说，"我还有很长时间的假期呢！"

"你已经度过一个很长的假期了，"妈妈说，"今天真的是最后一天了。不过能见到好朋友还是很开心的，对不对？"

"即使不上学，我也可以见到他们啊！"班尼狗说。

"可是，如果你明天不去上学的话，聪敏老师会很想你的。"妈妈说。

"我根本就用不着上学，"班尼狗突然发起火来，"我完全可以自学。你可以当我的老师啊！或者奶奶，她的算术可棒了。"

"我们的家里没有黑板，"妈妈说，"也没有很大的世界地图用来让你学习全世界的国家和城市。"

他们来到家门口，妈妈停下自行车，把班尼狗从前筐里提溜出来。一滴泪水划过他的面颊。

"我还是不想上学，"他说，"我想要永远放假，永远跟你在一块儿！"

"傻孩子，"妈妈说，"来吧，我们到花园去吃些好吃的东西。"她亲了班尼狗一下，然后走进厨房。

可是班尼狗却站在门口的台阶上没有动。他还从来没有这么心烦过呢。

妈妈把食物端到外面，准备给班尼狗盛到盘子里。

"我什么都不用，"班尼狗说，"太没劲了。再说，我的肚子很疼。"

"来吧，我们开开心心地度过假期的最后一晚，"妈妈说，"等你明天回到学校，回到自己的班里时，你就会觉得有意思了。"

可是班尼狗摇了摇头。"你总是这么说，"他说，"可事实不是这样的。我觉得学校一点意思都没有！"

"我们总不能一辈子只放假吧？"妈妈说，"不过我们可以放一个短假。你等一会儿。"

她走进屋子里，回来的时候，她的手里拿着一个非常小的盒子。

"这是送给你的。"她说。班尼狗解开蝴蝶结，撕开包装纸。礼物的外面裹着一层薄薄的、柔软的白纸。他小心翼翼地把它展开。他的面前出现了一个亮闪闪的贝壳，简直美得无与伦比。

"把它放在你的耳朵旁。那样，你就可以听见大海的声音了。就是你度过了一整个假期的大海！"妈妈说。

班尼狗仔细地听着。"是啊！"他高兴地喊道，"我听见大海的声音了！"

"你明天带上它一起去学校吧,"妈妈说,"如果你想念假期了,那就听一听贝壳的声音!"

真正的班尼狗

班尼狗不仅仅是这本书里的主人公,更是一条真实存在的小狗。他有着天鹅绒般的耳朵、湿乎乎的鼻子和饼干气味的脚底。

我第一次见到班尼狗时,他才刚刚出生。他那么小,简直不像一条狗,而是像极了一只老鼠。他和他的兄弟姐妹们一同躺在狗窝里,紧挨着他们的妈妈。他闭着眼睛,可是他左边脸上那块漂亮的棕色毛毛已经清晰可见。

六个星期后,当我去接他的时候,他的模样已经变得像一条狗了。他的眼睛可以睁开了。我摊开手掌,两只手并在一起时,他就可以坐在我的手心上。那时的他只有这么一点大。

他坐在汽车的后座上,跟着我,一路从荷兰的北部来到阿姆斯特丹。这段旅途开始的时候,他还没有名字。路上,我们一起收听广播。广播里正在评论一场重要的滑冰比赛。班尼狗·里茨马就是那场比赛的冠军。

因为这条小个子猎狐梗同样来自弗里斯兰,因为我的祖父是弗里斯兰人,更因为我知道他会成为一名短跑健将,于是,我决定给他起名叫班尼狗。

他真的变成了一名短跑健将!每天早晨,我都会把班尼狗装在自行车前面的大筐里,带他到公园里去。一到公园的入口,我就会把班尼狗从车筐里提溜出来,然后比赛谁的速度更快。每一

次,获胜的都是班尼狗。

班尼狗是一名名副其实的冠军:短跑冠军、捡网球冠军、泥巴翻滚冠军,每当有人在吃喷香的食物时,他就成了乖乖狗冠军,另外,他还是东印度聋子冠军(那是因为他总是有选择地听他想听见的话)。

最初的几年里,我常常为班尼狗画画。而他要么是在睡觉,要么是在房间里翻箱倒柜。那时候,我也开始着手记录我和他一同经历的点点滴滴。

后来,有一家报社请我每个星期写一个故事,并配上一幅插图。这不是一件容易的事,可正是因为有班尼狗在我身边,我还是成功地做到每周想出一个新的历险记。就这样,班尼狗从一条真实的狗变成了存在于故事里、图画上、报纸上和书本里的狗!

大约十五年的时光里,班尼狗和我形影不离。他跟着我一同搬家,跟着我一起度假(他最喜欢去瓦登群岛,因为那里有大片的海滩。无论有没有网球,他都可以在那里无拘无束地奔跑)。

如今,真正的班尼狗已经去了狗狗天堂,在那里追逐数之不尽的网球。可是每当我想起他时,我的脑子里自然而然就会出现一个新的故事。我把最有意思的故事全都收录在这本书里了。希望你在阅读和翻看班尼狗的历险记时,感到愉快!

西伯·波斯图马

www.rintje.com

www.siebposthuma.com

Nederlands
letterenfonds
dutch foundation
for literature

The publisher gratefully acknowledges the support of the Dutch Foundation for Literature.
感谢荷兰文学基金会对本书翻译项目和制作项目的赞助

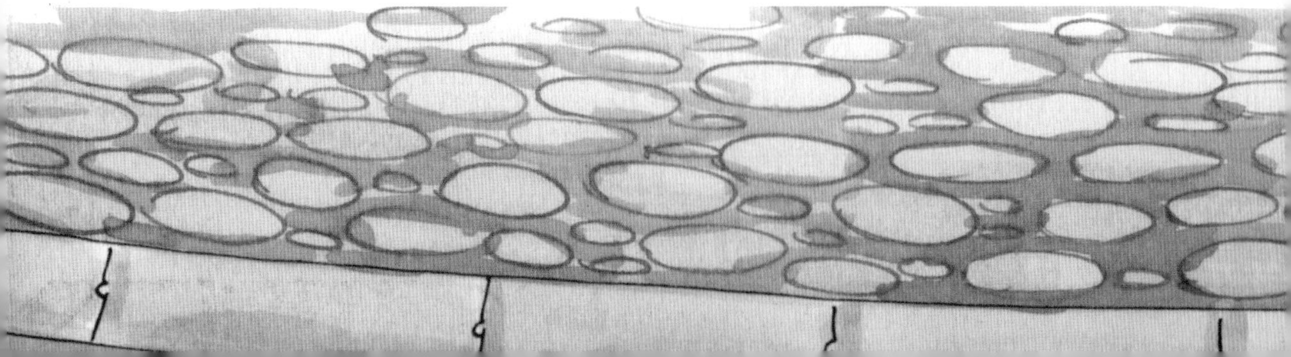